喚醒你的日文語感！

こまかい日本語のニュアンスをうまく起こさせる!

喚醒你的日文語感!

こまかい日本語のニュアンスをうまく起こさせる！

聽說力 × 文化知識 × 問題解決力三效提升！

交換學生 全日語 留學手冊

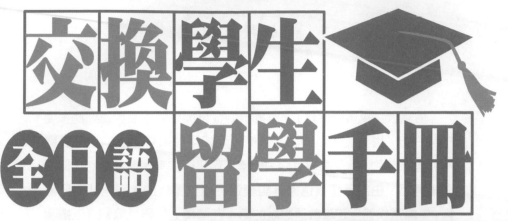

作者 樂大維　總編審 王世和

PASS パス！

研修履修

度機打工

遊學

必備生活

人際關係

適應生活

融會學習

疑難解決

IRT 語言測驗中心
Language Testing Center

貝塔語言出版
Beta Multimedia Publishing

　　俗話說「萬事起頭難」，離鄉背井在外開始新生活也是如此，要打點一切，也要開拓新的人際關係，而如果開始新生活的地方是國外，還會增添語言及國情等兩大要素，可想而知其困難度必然加倍。**在語言上，由於不習慣透過外語表達，剛到國外的人通常「有口難言」，無法快速且正確敘述想說的話；在國情上，雖然深知「入鄉隨俗」的道理，但畢竟風土民情的差異往往出乎意外，沒有歷經一番文化摩擦的洗禮，無法真正融入當地社會。**

　　作者樂大維老師旅居日本多年，根據個人豐富經歷及處處留心的敏銳觀察力，完成了「全日語系列」第三本書籍《全日語交換學生留學手冊》，內容兼顧日語學習及文化介紹，讀者平時熟讀此書，可沙盤推演各種情形，遇到實際與人對話時就能即時反應得當。下面就讓我簡單介紹此書的架構與特色，陪伴讀者一探作者精心設計的學習內容。

◎ 架構完整：單元分門別類、鉅細靡遺

　　首先，透過目次我們可以了解本書分成【建立人際好關係】、【開始日本新生活】、【適應日本新生活】、【融入日本新生活】、【疑難雜症全解決】等五個特訓單元，而這五個特訓正是在日本生活的各種不

同階段。特訓 1【建立人際好關係】介紹的是剛到宿舍或新環境時所需要的語句，接著登場的三個特訓則培養我們在開始、適應、融入新生活時的日語力。最後，在國外住久了總會有些疑難雜症，特訓 5 正以此方面為題，再為即將旅居日本的各位注入一劑強心針。

　　以特訓 1 為例，其中分為〈1-1 基本用語〉、〈1-2 回應對方〉、〈1-3 表達情緒〉、〈1-4 互動交流〉、〈1-5 敦親睦鄰〉等五個環節，而這五個環節又延伸出不同主題的小單元，例如〈1-1 基本用語〉另由〔問候寒暄〕等十多個小單元所構成。**全書層次分明、清晰易懂，兼顧整體考量及細部分類，堪稱架構完整、鉅細靡遺，網羅一切在日本生活會面臨到的場景。**

◎ 貼近實境：語句道地自然、符合需求

　　如前所述，本書架構的最底層由小單元所組成，主要分布在「會話實況」之下，各章節下單元數不一，視實際需求而定，**內容涵蓋在日本生活的所有可能情境，且例句單純不艱澀，能滿足學習需求又不會讓人退避三舍。**熟悉本書介紹的各種說法，有助提升溝通品質，進而達到敦親睦鄰、融入日本生活等目的。

◎ 幽默精準：內容化繁為簡、風趣易讀

　　除了「會話實況」外，本書另有「特訓開場白」、「生活智慧王」、「日行一善」等單元，並以「※」提點文法解說與用法小叮嚀，以「替」提供不同說法，以「外」標註外來語解釋。整體來看，可以感受到作者豐富的學術涵養，樂老師**將各種語彙、文型、文法、說明、練習等化繁為簡，同時更融入巧思**。在「生活智慧王」以幽默的筆觸分享日本特有的生活習慣、文化知識等多元資訊。藉由「日行一善」則提供在某些特殊場景中表示友善之日語說法。

　　誠如本系列前兩本書籍，《全日語交換學生留學手冊》延續「量身訂做」的概念，適合即將旅日的每個人。不僅僅是交換學生，無論是以留遊學甚或度假打工等名義赴日，只要預定在日本生活一段時日，都不妨考慮將本書帶在身邊。在國外開始新生活將面對全新的人事物，也必須辦理許多繁雜手續。不過凡事有備無患，只要利用本書多加練習，熟記所有可能用到的單字或句型，到了日本後，當我們要處理大小事宜、參與各種活動時，相信都能輕鬆應對。即使當下反應不及，也能事後翻閱本書來確認正確說法，以供下次類似情況發生時參考。多點事前準備及平日勤加複習，可以降低對語言障礙的擔心，進而增加信心並帶來安心感。

「全日語系列」的企劃重點就在於「安心」這兩個字，每本書都考慮到各種情境的實際需求，搭配簡潔扼要的說明與實用有趣的文化分享，提供讀者們一個安心的「學習夥伴」。希望透過本書的陪伴，能夠幫助各位讀者順利開啟令人期待的異鄉生活。

東吳大學外國語文學院日本語文學系 系主任

王世和

字典沒有教的、生活中必備的全都濃縮於此！

我從高中畢業後就來日本留學，並從大三起擔任拓殖大學台灣留學生會會長一職，所以接觸過許多剛開始學習日文的留學生及交換學生。透過這些交流，才了解到很多人剛到日本時，在生活中所遇到的各種問題。大家的問題裡都有共通點，而這些問題的解答全在本書當中。很榮幸能有機會為各位推薦這本好書。

一翻開書看到【特訓暖身操】中單字旁的數字，讓我覺得很貼心。單字附上重音標示，方便自學者糾正自己的發音。一邊聆聽隨書贈送的 MP3，更能創造如同身處於日本的學習環境。此外，書中所介紹的例句會話都很正式、端莊，向誰使用都不會失禮，這點對於學習講究上下、親疏關係的日語尤其重要。

另一方面，時下的年輕人用語在書裡也有著墨。舉例來說，年輕人會把「メールアドレス」（電子郵件地址）簡稱為「メアド」等。說到外來語，「啤酒」的日文是「ビール」，而不少人可能會以為這個外來語是從英文的「beer」演變過來的，但實際上是源自於荷蘭語的「bier」。像這樣用心標註每個外來語的語源，也有助於學習者對單字的理解與記憶。

本書讓我印象最深刻的是，生活智慧王與日行一善等單元。其中「擋不住台灣人的熱血」這句話在逗趣之餘，也透露出每組會話、每個例句都是針對台灣人所設計的，讓台灣的留學生能即時使用正確的單字，輕鬆表達自我的想法。

　　日本同學都說我們台灣人「很體貼」，但我自己的解讀是「很雞婆」。有時碰到需要幫助別人的時候，常會語塞而只能袖手旁觀。如果在那個節骨眼上，又去問日本朋友該如何表達的話，即會錯失助人一臂之力的黃金時機。因此，能夠從日行一善單元學到臨場急需的一句話，正是「有備無患」。

　　猶記得剛到日本還不太會說日文時，總是依賴著電子字典。現在有了本書的誕生，我想推薦給人已經在日本，或者接下來考慮到日本留學、度假打工的讀者們。您可藉由本書在語言表達上得到即時且精確的幫助，也可當作「生活手冊」兼「課外讀物」來學習，字典沒有教的、生活中又不可或缺的日語知識和文化小叮嚀全都濃縮於此。學完本書的讀者很幸運，因為您的日本生活即將暢行無阻。

拓殖大學台灣留學生會 會長

楊京翰

用全日語展開你的全新生活！

刮中彩券的大獎，真好！泡個熱呼呼的澡，真好！打電動不停闖關成功，真好！這些美妙的感覺真好！身為本書的作者來說，創造出前所未有的語言教材，這份成就感更好！這本《全日語交換學生留學手冊》正符合時代的需要，是陪大家度過留遊學、交換學生、度假打工、赴日生活的最佳良伴。

為了掌握讀者的確切需求，筆者曾走訪位於日本新宿的「日本ワーキング・ホリデー協會」（日本度假打工協會），調查外國人於日本工作的現況。另一方面，也訪問了許多「過來人」，即目前正在日本求學或打工的朋友，從他們身上找出在溝通上的共通難題。例如以下令人頭痛的狀況：

「去辦手機的時候，我很想問一些問題，比方說手機該怎麼用？如果是學生的話可不可以算便宜一點……。到了要正式簽約，他們的條文都密密麻麻的，不知道要從何問起。」

「日本的大學一節課要上一個半鐘頭，比台灣長很多，剛開始很不習慣。有時候上課，自己說出來的意思和日本人理解的不一樣。」

「去便利商店買東西時，如果店員說太快，就會聽不懂。」

「跟日本人講電話時，因爲看不到對方，所以就會很緊張。」

「想要安慰別人或者是鼓勵別人的時候，不知道要跟他說什麼。」

　　本書的編輯精神有如進行「田野調查」般，深入某個環境實地調查，將第一手資料忠實呈現在讀者面前。執筆過程中訪談了多位日籍人士，收集到真實生活中的各種表達方式，再客觀地從中編寫出日常最道地、最自然的會話例句。此外，並邀請東吳大學日本語文學系系主任王世和教授進行專業嚴謹的審訂。本書借助了許多人不同的生活經驗，期盼能勾勒出現今日本社會的輪廓，以使讀者在語言學習上產生相輔相成的效果。

　　除了日籍人士的經驗分享，筆者也跑遍大街小巷，將自己看到的、聽到的、問到的完整地記錄下來。舉例來說，我們在日本該如何勤儉持家，爲荷包多省出一塊錢呢？如剪頭髮不花錢、拿信封不花錢等妙招，通通都要告訴你。當然，書中也提供自己出過糗的笑話，如吃烤肉時踩到日本人的地雷等，這些血淚史都希望成爲大家的借鏡。

本書的最大特色就是每個場景都很生活化，也很實際。例如，添購電器用品時該怎麼跟對方殺價、到政府機關辦理手續時該如何應對、居酒屋的席間禮儀、打工必備的八大服務用語、不同層次的鞠躬角度等。

我們在學日文時會發現「助詞」就像個小螺絲釘，緊扣於每個詞語之間，以表達相互的關係。如果談話時將這些小螺絲釘個個都栓得緊緊地，就會讓整段話過於工整而變得硬梆梆。因此，適時地省略助詞能讓口氣顯得較柔和，如：「レシート（省略了「は」）、こちらです。」（這是您的收據。）要練就一口連日本人都稱讚的流暢日語，這點小細節也不能忽略。

另一方面，年輕人之間也有簡化單字的說法，即所謂的「若者<ruby>言葉<rt>ことば</rt></ruby>」（年輕人用語）。例如將「スマートフォン」（智慧型手機）說成「スマホ」等。除此之外，也有一些特殊用法、甚至於頗受爭議的說法，如：「タバコをお吸いになられますか？」（雙重敬語）、「～になります」（打工敬語）等也都收錄於書中，希望能從實際生活中的各種語言現象，增加讀者們學習視野的廣度，將語言真正變成溝通、互動的工具。

美國教育家杜威（John Dewey）曾提出「由做中學」（learning by doing）的教育理念。簡單來說，我們應該從行動實踐的過程當中學習新知。筆者來到日本留學後，才體驗到從生活裡學習日文的樂趣。其實，我們的老祖宗也曾經說過：「行萬里路，勝讀萬卷書。」這次很榮幸能將自己的所見所聞、日語知識，以及從日文裡學到的生活新態度，藉由本書向大家介紹。

二話不說，我們趕快展開這段緊湊又充實的特訓吧！

目次

※ **閒聊互動 6** ◎ MP3 **144** —— ❶

A：<ruby>何<rt>なん</rt></ruby>の<u>サークル</u>※に<ruby>入<rt>はい</rt></ruby>っていますか？

▲ 替 <ruby>部活<rt>ぶ かつ</rt></ruby>※ ❷

B：テニスのサークルに<ruby>入<rt>はい</rt></ruby>っています。

A：你參加什麼社團？

B：我參加網球社。 ❸

外 サークル【circle】社團

❹ 外 テニス【tennis】網球

※「サークル」偏玩樂性質的社團；「部活」偏正式嚴格的社團，常訓練或比賽等。

❶ MP3 音軌編號。可依此序號選取不同段落，聆聽日籍配音員的正確示範。

❷ 由句中套色部分，衍生出可替換的說法。若兩句意思相同，則省略中譯。

❸ 中文翻譯。其中「／」表示「或者」、「（　）」表示「可省略」、「〔　〕」為使用情境說明。

❹「※」為針對某些文法、語彙等的特別註解或小叮嚀。

● 特訓暖身操的【字彙預習】裡，中文翻譯前的數字表示該字彙的重音。

● 商店或餐廳等的服務人員工作時需使用敬語：「丁寧語」（客氣說法）、「尊敬語」、「謙讓語」等，學習時務必特別留意。

● 有些音在口語中常被省略，書中以括號表示。

   例如：「さよ（う）なら」、「～て（い）る」等。

   甚至助詞的省略也很常見。

   例如：「コーヒー（を）買ってきます」等。

   因此，為了力求道地、自然，在 MP3 中也都將這些字詞予以省略，以期使讀者聽到真正實用的生活日語，而非硬梆梆的教科書日語。

● 符號「外」表示外來語，其相關略語請見下方對照表。

原	原本說法，現已簡化	荷	源自荷蘭語
和	和製英語	義	源自義大利語
德	源自德語		
法	源自法語	葡	源自葡萄牙語

建立人際好關係

特訓暖身操

✳ 字彙預習

① 元気 <ruby>げんき<rt></rt></ruby>	① 精神；健康的狀態	② ピアノ	① 鋼琴
③ 応援 <ruby>おうえん<rt></rt></ruby>	⓪ 加油；支持	④ メール	① ⓪ 電子郵件；簡訊
⑤ 考え <ruby>かんが<rt></rt></ruby>	③ 想法	⑥ センス	① 品味
⑦ 完璧 <ruby>かんぺき<rt></rt></ruby>	⓪ 完美（的）	⑧ 調子 <ruby>ちょうし<rt></rt></ruby>	⓪ 狀態；情況
⑨ コーヒー	③ 咖啡	⑩ 根性 <ruby>こんじょう<rt></rt></ruby>	① 毅力

✳ 句型預習

① <u>動詞て形</u>＋ください。請～。

例 元気を出してください。請打起精神來。

② <u>動詞否定形</u>＋でください。請別～。

例 気にしないでください。請別在意。

③ <u>動詞ます形</u>→ましょう＋か？（表建議）我來～吧，好嗎？

例 手伝いましょうか？ 我來幫忙你吧，好嗎？

④ <u>動詞原形</u>＋ことになりました。客觀陳述某個做好的決定或結果。

例 明日の午後、３時に引越すことになりました。

我明天下午三點要搬家。

1-1 基本用語

特訓開場白

任多元文化的台灣，有時我們會用英文「Hi」、「Hello」或是對方的英文名字等來打招呼，但在日本則沒有這樣的習慣，通常都是稱呼對方為「**姓或名＋さん**」。若是較親近的朋友，有時也會直接叫「**小名**」。此外，日本人也不像台灣人會特別取個英文名字。因為日本人的名字是可用羅馬拼音標出的假名，所以自然而然就能用日文名當作現成的英文名字了。

※ 問候寒暄 ◎ MP3 **002**

■ **おはようございます。**

早安。

※ 在大學裡的體育性社團有個傳統，不論早晚，男性社員看到了「先輩」（學長），都以「お（っ）す」（原：「<u>お</u>はようございま<u>す</u>」）恭敬地打招呼。

■ **こんにちは。**

〔白天〕你好。

■ **こんばんは。**

〔晚上〕你好。

■ **お休みなさい。**

〔睡前〕晚安。

■ **お疲れ様です。**

　　　　　替 でした

您（工作）辛苦了。

※ 和朋友聚會完要道別時也可使用此句。此外，若是同輩之間，亦可只說：
　　「お疲れ」。

■ **お久しぶりです。**

好久不見。

■ **はじめまして。**

初次見面。

■ **王です。**

　　　　替 と申します（敬語：謙讓語）

我姓王。

■ **出身は台湾です。**

　　替 台湾から来ました

我來自台灣／我是台灣人。

■ **日本に来て一週間です。**

我來日本一個星期了。

■ **これからお世話になります。**

往後要受您的照顧了。

■ **（どうぞ）よろしくお願いします。**

請（您）多多指教。

■ **こちらこそ、（どうぞ）よろしくお願いします。**

彼此彼此，也請（您）多多指教。

會話實況
L I V E

❊ **關心健康**　◎ MP3 **003**

A：お元気<ruby>元気<rt>げん き</rt></ruby>ですか？

　　▲替 でした（許久不見）

B：<u>はい</u>、お<ruby>陰<rt>かげ</rt></ruby>さまで（、<ruby>元気<rt>げん き</rt></ruby>です）。

　　▲替 ええ

....

A：你最近好嗎？
B：嗯，託您的福（，過得很好）。

❊ **關心工作**　◎ MP3 **004**

A：お<ruby>仕事<rt>し ごと</rt></ruby>のほうはいかがですか？

B：はい、お<ruby>陰<rt>かげ</rt></ruby>さまで、なんとか（やっています）。

....

A：您工作方面還順利嗎？
B：嗯，託您的福，還過得去。

❊ **讓人久候**　◎ MP3 **005**

A：お<ruby>待<rt>ま</rt></ruby>たせしました。※

B：いいえ。

....

A：讓您久等了。※ 不管自己有沒有遲到，看到對方都要先說這一句。
B：沒關係。

■ **さよ（う）なら。**

再見。

■ **失礼します。**

我告辭了。

■ **また会いましょう。**

下次再見吧！

■ **また明日（会いましょう）。**

明天見！

■ **（お）気を付けて（ください）。**

（您）路上小心！

■ **お元気で。**

多多保重。

■ **（それ）じゃ、また（ね）。**

　替 じゃあ（ね）　　替 じゃ（あ）な※

　替 また（ね）　　替 バイバイ【bye-bye】拜拜

〔同輩或晚輩之間〕再見。

※ 男性專屬的終助詞「な」，僅適用於同輩或晚輩之間。

會話實況 LIVE

❋ **離開宿舍時** ◎ MP3 **007**

A：行<ruby>い<rt></rt></ruby>ってきます。 ※1

B：行<ruby>い<rt></rt></ruby>ってらっしゃい。 ※2

A：我走了。

B：路上小心／慢走。

※1「行ってよいります」是敬語：謙讓語

※2「行ってらっしゃいませ」更爲客氣

❋ **下班時** ◎ MP3 **008**

A：お先<ruby>さき<rt></rt></ruby>に失礼<ruby>しつれい<rt></rt></ruby>します。

B：お疲<ruby>つか<rt></rt></ruby>れ様<ruby>さま<rt></rt></ruby>でした。

A：我先走了。

B：您辛苦了。

❋ **回到宿舍時** ◎ MP3 **009**

A：ただいま（帰<ruby>かえ<rt></rt></ruby>りました）。

B：お帰<ruby>かえ<rt></rt></ruby>り（なさい）。

A：我回來了。

B：你回來了。

■ **すぐ戻^{もど}ります。**

我馬上回來。

■ **ちょっとコーヒー（を）買^かってきます。**

我去買一下咖啡。

> 外 コーヒー【coffee】咖啡

■ **ちょっと郵便局^{ゆうびんきょく}まで行^いってきます。**

　　　　　　　　　　　　▲
　　　　　　　　　　　替 に

我去郵局一趟。

■ **また連絡^{れんらく}します（ね）。**

　　　　▲
　替 メール（原：電子^{でんし}メール）【mail】電子郵件；簡訊

我再跟你連絡。

■ **短^{みじか}い間^{あいだ}でしたが[※]、本当^{ほんとう}にお世話^{せわ}になりました。**

　　　　　　　　　　　　　▲
　　　　　　　　　替 いろいろ（諸多）

〔如辭去打工時〕雖然只是短暫的相處，真是受您照顧了。

※ 因為要帶出「逆接」的語意，所以「でしたが」不可省略。

🐶 **生活智慧王：愈長愈有禮貌**

從「**普通体**^{ふ つうたい}」（常體，適用於家人、朋友、比自己年紀小的人等）、「**丁寧**^{ていねい}**体**^{たい}」（敬體，適用於一般對象）學到「**敬語**^{けいご}」（敬語，適用於陌生人、長輩、上司等），我們可以發現，敬意愈高日文就愈長喔！

■ 長い間、本当にお世話になりました。

這段日子真的受您照顧了。

■ （お）体に気を付けてください。

（您）請保重身體。

表達謝意 ◎ MP3 011

■ どうも。

ありがとう。

どうもありがとう。

ありがとうございます。

どうもありがとうございます。

五種道謝（依敬意程度由低至高排列）

※ サンキュー【thank you】（同輩或晚輩之間）謝了

你還可以這麼說 ◎ MP3 012

■ <u>わざわざ</u>ありがとうございます。

替 わざわざ遠いところ（特地遠道而來）

謝謝你特地為我這麼做。

■ <u>気にかけて</u>くれてありがとうございます。

替 気を遣って（顧慮到我）

替 配って（為我設想）

謝謝你對我的關心。

■ **いいえ。** 不謝。

■ **いえいえ、こちらこそ。**
不謝不謝，彼此彼此。

■ **どういたしまして。** 不客氣。

■ <ruby>悪<rt>わる</rt></ruby>**い。**

ごめん。

ごめんなさい。

すみません。[※1]

<ruby>本当<rt>ほんとう</rt></ruby>**にすみません。**

替 どうも

<ruby>失礼<rt>しつれい</rt></ruby>**します。**

　　　替 いたします（敬語：謙譲語）

<ruby>申<rt>もう</rt></ruby>**し<ruby>訳<rt>わけ</rt></ruby>ありません。**
<ruby>申<rt>もう</rt></ruby>**し<ruby>訳<rt>わけ</rt></ruby>ございません**[※2]**。**
<ruby>大変申<rt>たいへんもう</rt></ruby>**し<ruby>訳<rt>わけ</rt></ruby>ございません。**

九種道歉（依敬意程度由低至高排列）

※1 當要借過、向人搭話、撞到別人、擋到別人時，都要先說這句話。

※2「ございません」是「ありません」的敬語：丁寧語

※3 還有一種偏男性用語的說法：「すまん」

26

生活智慧王：打噴嚏不尷尬

不管是「花粉症」或是「鼻炎」，突如其來的大噴嚏，總讓人難以招架。
打完噴嚏後可依以下場合及程度來表達歉意。

【普通型】跟朋友在聊天時：
「**すみません。**」（不好意思。）
【輕微型】在學校上台報告時：
「**すみません、失礼しました。**」（不好意思，失禮了。）
【嚴重型】在收銀台找錢給客人時：
「**すみません、大変失礼しました。**」（不好意思，太失禮了。）

 日行一善！ 物歸原主篇 | ◎ MP3 **015**

公車上坐在旁邊的人急急忙忙下車了，卻把手機遺忘在座位上。
這時擋不住台灣人的熱血，衝下車去把東西還給對方：

A これ、落としましたよ。
　　替 落としていましたよ

B すみません。

A：這個，你剛掉了喔！
B：不好意思。

■ <ruby>力<rt>ちから</rt></ruby>になれなくてすみません^{※1}。

替 お<ruby>役<rt>やく</rt></ruby>に<ruby>立<rt>た</rt></ruby>てなくて（沒能幫得上忙）

替 <ruby>遅<rt>おそ</rt></ruby>くなって（晚到了）

替 お<ruby>待<rt>ま</rt></ruby>たせして（讓您久等）

替 <ruby>気<rt>き</rt></ruby>がつかなくて（沒注意到）

替 <ruby>何<rt>なに</rt></ruby>もしないで（什麼也沒做）

替 お<ruby>騒<rt>さわ</rt></ruby>がせして^{※2}（驚動了大家）

替 <ruby>勝手<rt>かって</rt></ruby>なことをして（擅自做主）

替 <ruby>余計<rt>よけい</rt></ruby>なことをして（多管閒事）

替 <ruby>急<rt>きゅう</rt></ruby>な<ruby>お願<rt>ねが</rt></ruby>いをして（突然提出請求）

替 ばたばたさせちゃって^{※3}（讓你手忙腳亂的）

　　　　　替 しちゃって（我手忙腳亂的）

替 ずいぶん<ruby>迷惑<rt>めいわく</rt></ruby>をかけて（帶給您相當大的麻煩）

對不起沒能施上力。

※ 1「すみません」在口語有時會說成「すいません」

※ 2 用於對方幫助自己解決問題等情況

※ 3 用於突然提前離開時等情況

■ <ruby>お話<rt>はな</rt></ruby>し<ruby>中<rt>ちゅう</rt></ruby>、<ruby>失礼<rt>しつれい</rt></ruby>します。

替 <ruby>お仕事中<rt>しごとちゅう</rt></ruby>（您正在工作）

替 <ruby>お食事中<rt>しょくじちゅう</rt></ruby>（您正在用餐）

替 <ruby>お休<rt>やす</rt></ruby>み<ruby>中<rt>ちゅう</rt></ruby>（您正在休息）

替 お取り込み中＝お忙しいところ（您正在忙）

替 中※1

不好意思打斷您談話。

※1「中」的讀音是「なか」，而非「ちゅう」。

※2 有些事情想跟對方在私底下說的時候；

　　「ちょっとよろしいですか？」（可以借一步說話嗎？）

■ **大目に見てください。**

請多包涵。

※ 回應道歉 　◎ MP3 **017**

■ **気にしないでください。** 請別在意。

■ **いいですよ。** 沒關係喔。

替 大丈夫

■ **何でもないです。** 沒事。

生活智慧王：初次見面

在認識新朋友的時候，我們通常會盡量避免問一些涉及個人隱私的問題。
不過在日本社會，有時可能會被問到像「**年齢は？**」（你幾歲？）、「**結婚
していますか？**」（你結婚了嗎？）、「**彼氏・彼女はいますか？**」（有男
／女朋友嗎？）等問題。在日文中，對方年紀比自己大或小是影響對話內
容相當重要的關鍵。日本人只要知道了對方的背景後，便能靠這個訊息找
出和自己的共通點，產生心理上的共鳴及親切感。

1-2 回應對方

特訓開場白

以前學英文的時候，回答問題之前經常會說「Yes」或「No」。而在日文裡，「Yes」用「感嘆詞」的「**はい**」、「**ええ**」、「**うん**」（朋友之間）來表達；「No」則等於「**いいえ**」、「**いえ**」、「**いや**」。

✿ 表示同意　◎ MP3 **018**

■ **はい。**
　　是／好／對。

■ **そうですね。**
　　說的也是／對啊！

■ **そうですよ。**
　　沒錯喔！

■ **そう（なん）ですか。**
　　是這樣子的啊。
　　※ 語調下降

■ **なるほど。**
　　原來如此。

■ **もちろんです。**

當然。

■ **良かったですね。**

太好了。

■ **いいですよ。**

好啊！

■ **いいですね。**

不錯耶！

■ **いいんじゃないですか？**

（否定反問表肯定，直譯：不是不錯嗎？）不錯啊！

※ 語調下降。碰到這種容易混淆的句式，我們來唸段順口溜、抓出重點吧：
「否定」和「問號」，當作沒看到；真正的意思，馬上就知道。

■ **なかなかいいですね。**

還不錯耶！

■ **いいと思います。**

我覺得很好。

■ **その通りです。**

替 おっしゃる通り（您說的對）

替 ごもっとも

你說的沒錯。

※ 兩個替換句都是帶有敬意的說法

■ **同感です。**

我有同感。

■ **賛成です。**

　　替 **大賛成**（我舉雙手贊成）

　我贊成。

■ **私もそう思います。**

　我也是這麼覺得。

■ **そうしましょう。**

　就那麼辦吧！

■ **分かりました。**

　我知道了。

■ **任せてください。**

　就交給我吧！

■ **頑張ります。**

　我會加油的。

※ **表示否定**　◎ MP3 **019**

■ **いいえ。** 不是 / 不對。

■ **違います。** 不是。

■ **まだです。** 還沒。

■ **賛成できません。**

　　替 **納得**（接受）

　無法苟同。

32

■ <ruby>無理<rt>む り</rt></ruby>ですね。

替 ▲ <ruby>厳<rt>きび</rt></ruby>しい（很困難，有希望卻很渺茫）

替 ▲ <ruby>難<rt>むずか</rt></ruby>しい（很為難，但有轉圜的餘地）

那是不可能 / 沒辦法的。

■ <ruby>微妙<rt>び みょう</rt></ruby>ですね。

這要這麼說呢？ / 這個很難說。

※ 比方說，朋友問你的拉麵好不好吃，如果不好意思明講不好吃，就可以使用這個比較婉轉的否定說法。

特訓 ①

※ **食物不合胃口時** ◎ MP3 **020**

A：<ruby>味<rt>あじ</rt></ruby>はどうですか？

B：まあ、<ruby>大丈夫<rt>だいじょう ぶ</rt></ruby>です。

替 ▲ まあまあですね（還好耶）

替 ▲ <ruby>不思議<rt>ふ し ぎ</rt></ruby>な<ruby>味<rt>あじ</rt></ruby>（不可思議的味道）

替 ▲ <ruby>変<rt>か</rt></ruby>わった（很特殊）

A：味道如何？

B：嗯，還可以。

※ 吃到不合胃口的東西時，日本人不會直接說「難吃」，而會用其他婉轉的說法來表達。

特訓開場白

說到「情緒」，心情像天氣般陰晴不定、容易變來變去，這樣的人在日文裡稱之為「**お天気屋**」或「**気分屋**」，都用來形容以自我為中心的人，帶有負面評價的色彩。（播報氣象的人稱為「**気象予報士**」）。

❋ 喜 ◎ MP3 **021**

■ **嬉しいです。**

我好高興喔！

■ **楽しいです。**

好好玩喔！

■ **楽しそうですね。**

好像好好玩喔！

■ **楽しみですね。**

好期待喔！

■ **ラッキーですね。**

真幸運！

外 ラッキー【lucky】幸運的

■ **面白そうですね。**

看起來很有趣呢！

■ **ありがたいですね。**

太難得了 / 真是求之不得啊！

■ <ruby>助<rt>たす</rt></ruby>**かりました。**

〔受到恩惠時〕幫了我一個大忙！

■ <ruby>夢<rt>ゆめ</rt></ruby>**みたいですね。**

簡直像在做夢一樣！

■ **ワクワクしますね。**

好讓人期待啊！

特訓 ①

※ **怒** ◎ MP3 **022**

■ <ruby>最低<rt>さいてい</rt></ruby>**です。**

太糟糕了 / 太差勁了！

■ **ひどいですね。**

好過份喔！

■ **ずるいですね。**

好狡猾喔！

■ <ruby>頭<rt>あたま</rt></ruby>**にきた。**

我氣死了！

※ 這句及以下兩句都用普通體來表達憤怒的瞬間情緒

■ <ruby>腹<rt>はら</rt></ruby>、<ruby>立<rt>た</rt></ruby>**っ。**

我生氣了。

■ **ムカツク。**

真氣人。

※ 年輕人用語

■ 悲_{かな}しいですね。

真讓人難過啊！

■ ショックですね。

真是大受打擊啊！

　外 ショック【shock】打擊

■ 寂_{さび}しいですね。

真讓人落寞啊！

※ 與人離別時想表達「捨不得」的心情時也可用這句話

■ 冷_{つめ}たいですね。

真無情 / 冷淡啊！

■ 虚_{むな}しいですね。

真空虛啊！

■ 切_{せつ}ないですね。

真無奈啊！

■ ガッカリですね。

好失望 / 沮喪喔！

■ 泣_なきたいですね。

好想哭喔！

■ だるいですね。

真叫人提不起勁來。

※ 例如在連假結束前、早起時、碰到令人想睡的課時、有不想寫的作業時

※ 表達驚訝 ◎ MP3 **024**

■ **あ、びっくりしました。**

啊，嚇死我了。

■ **本当ですか？**

真的嗎？

※ 意同年輕人用語的「マジですか？」。而「マジ」（まじ）是從「まじめ」（認
真）省略而來的。

■ **冗談でしょう。**

你是開玩笑的吧！

■ **それは初耳です。**

那（件事）我是第一次聽到。

※ 表達困擾 ◎ MP3 **025**

■ **難しいですね。** 真為難啊！

■ **困りますね。** 真讓人困擾啊！

■ **ややこしいですね。** 好複雜啊／好麻煩啊！

■ **頭が痛いですね。**

真傷腦筋耶！

■ **紛らわしいですね。**

真讓人混淆啊！

■ **どうしましょう？**

怎麼辦？

■ 恥ずかしいですね。
<small>は</small>

真害羞啊／真不好意思啊！

■ じれったいですね。

真令人著急啊！

■ 怖いですね。
<small>こわ</small>

好恐怖喔！

■ 恐ろしいですね。
<small>おそ</small>

真嚇人啊！

■ 偶然ですね。
<small>ぐうぜん</small>

好巧喔！

■ 意外ですね。
<small>い がい</small>

真是出乎意料啊！

■ 懐かしいですね。
<small>なつ</small>

好懷念喔！

■ 羨ましいですね。
<small>うらや</small>

真羨慕你啊！

■ 感動しました。
<small>かんどう</small>

好感動。

■ 寒いですね。
<small>さむ</small>

〔指天氣或笑話乏味〕好冷喔！

■ **好きです。**<ruby>好<rt>す</rt></ruby>

我喜歡。

■ **嫌です。**<ruby>嫌<rt>いや</rt></ruby>

我不喜歡。

■ **気持ち悪いです。**<ruby>気持<rt>きも</rt></ruby>ち<ruby>悪<rt>わる</rt></ruby>

好噁心。

■ **危ないところでしたね。**<ruby>危<rt>あぶ</rt></ruby>

剛剛好險喔！

■ **心配です。**<ruby>心配<rt>しんぱい</rt></ruby>

我很擔心。

■ **緊張しています。**<ruby>緊張<rt>きんちょう</rt></ruby>

我很緊張。

💙 **日行一善！** 助人為快樂之本篇 ◎ MP3 **027**

走在路上如果看到視障者，不妨主動上前問一聲：

■ **お困りですか？**<ruby>困<rt>こま</rt></ruby>（直譯：您困擾嗎？）您還好嗎？

■ **お手伝いしましょうか？**<ruby>手伝<rt>てつだ</rt></ruby> 我來幫您吧，好嗎？

■ **そちらは危ないですよ。**<ruby>危<rt>あぶ</rt></ruby> 那邊很危險喔！

■ **段差がありますよ。**<ruby>段差<rt>だんさ</rt></ruby> 小心階梯／地面高低不平喔！

1-4 互動交流

當和日本朋友交流時，若遇到了難以啓齒或不好回答的問題時，我們都可以用「**さあ、どうかなぁ…**」（我也不太清楚／這應該怎麼說好呢）這句話來「四兩撥千斤」喔！有時只說「**さあ**」，再配上眉頭深鎖的表情，日本朋友就知道一切盡在不言中了。

❋ 誇獎別人　◎ MP3 **028**

■ **すごいですね。**
好厲害喔！

■ **素晴らしいですね。**
太傑出了／太精彩了。

■ **カッコイイ** ※ **ですね。**
好帥喔！
※ 從「格好いい」轉變而來

■ **きれいですね。**
好漂亮喔！

■ **可愛いですね。**
好可愛喔！

■ **礼儀正しいですね。** 你真有禮貌。

■ たいしたもん※ですね。

好了不起喔！

※「もん」是「もの」的口語說法

■ よくやりましたね。

[替] よくできていますよ／いい仕事ですね

你做得很好喔！

特訓 ①

■ すごいじゃないですか？

很厲害，不是嗎？

※ 語調下降。還記得 P.31 所提到的「否定反問表肯定」嗎？我們再複習一次：
「否定」和「問號」，當作沒看到；真正的意思，馬上就知道。

■ お上手ですね。

您真厲害耶！

■ ピアノ（が）上手ですね。

你鋼琴彈得真好耶！

[外] ピアノ【piano】鋼琴

■ 完璧ですね。

[替] バッチリ

很完美耶！

■ さすがですね。

真有你的！

■ 優しいですね。

你真是體貼耶！

■ いい考え<ruby>考<rt>かんが</rt></ruby>えですね。

　　　　替 <ruby>提案<rt>ていあん</rt></ruby>（提議）

　　　　替 アイデ（ィ）ア【idea】點子

想法很不錯耶！

■ よく<ruby>似合<rt>にあ</rt></ruby>いますよ。

很適合你喔！

■ <ruby>洋服<rt>ようふく</rt></ruby>のセンスがいいですね。

你穿衣服很有品味耶！

　　外 センス【sense】品味

■ <ruby>気<rt>き</rt></ruby>が<ruby>利<rt>き</rt></ruby>きますね。

你真周到呢！

■ <ruby>根性<rt>こんじょう</rt></ruby>※がありますね。

　　　　替 <ruby>根気<rt>こんき</rt></ruby>

你真有毅力。

※「性」的讀音是「じょう」，而非「せい」。

❋ **回應誇獎** ◎ MP3 **029**

■ そんなことはありません。

沒有這回事。

■ まだまだです。

還不成氣候。

■ とんでもないです。

你過獎了。

※ 關心 ◎ MP3 **030**

■ 大丈夫ですか？
你沒事吧？

■ 疲れているみたいですけど、大丈夫ですか？
你看起來好像很累的樣子，你還好嗎？

■ ゆっくり休んでください。
請好好休養。

■ お大事に。
請多保重。

※ 聽到別人生病時的慣用說法

■ 無理しないでください。
不要逞強喔！

■ 私にできることがあったら、教えてください。
如果有我能幫得上的地方，請你開口。

※ 安慰 ◎ MP3 **031**

■ 本当に大変でしたね。
當時真是辛苦你了。

■ 佐々木さんの気持ちが分かります。
替 お気持ち、（您的心情）
佐佐木先生／小姐的心情我能理解。

■ なんとかなりますよ。
船到橋頭自然直啦！

■ たいした問題ではありませんよ。

不是什麼大問題喔！

■ またチャンスはありますよ。

機會有的是喔！

外 チャンス【chance】機會

■ （もっと）自信を持ってください。

（再更）有自信一點。

■ ドンマイ、ドンマイ。

別在意、別在意！

外 ドンマイ【和 Don't mind.】別放在心上

※ 適用於同輩或晚輩之間

❋ 鼓勵　　◎ MP3 032

■ 諦めないでください。

不要放棄喔！

■ ファイト！

替 頑張ってください

加油！

外 ファイト【fight】加油

■ いつでも応援しています。

替 影から（在你身後）

我無時無刻都會支持著你。

■ しっかりしてください。

振作一點！

■ <ruby>元気<rt>げんき</rt></ruby>を<ruby>出<rt>だ</rt></ruby>してください。

▲
替 <ruby>早<rt>はや</rt></ruby>く<ruby>元気<rt>げんき</rt></ruby>になって（早日恢復健康）

▲
替 良くなりますように

請打起精神來。

■ こんな<ruby>感<rt>かん</rt></ruby>じでやってください。

▲
替 この<ruby>調子<rt>ちょうし</rt></ruby>で<ruby>頑張<rt>がんば</rt></ruby>って

請繼續保持下去。

■ <ruby>伊藤<rt>いとう</rt></ruby>さんならできますよ。

如果是伊藤先生 / 小姐的話，一定辦得到的！

特訓①

❋ 祝福　　◎ MP3 **033**

■ おめでとうございます。

恭喜你。

■ <ruby>良<rt>よ</rt></ruby>いお<ruby>年<rt>とし</rt></ruby>を。

新年快樂。※ 12 月 31 日之前

■ <ruby>明<rt>あ</rt></ruby>けましておめでとうございます。

新年快樂。※ 1 月 1 日之後

■ メリークリスマス！

外 メリークリスマス【Merry Christmas】聖誕快樂

聖誕快樂！

■ ご<ruby>結婚<rt>けっこん</rt></ruby>おめでとうございます。

▲
替 （お）<ruby>誕生日<rt>たんじょうび</rt></ruby>（生日）／<ruby>卒業<rt>そつぎょう</rt></ruby>（畢業）

新婚愉快。

1-5 敦親睦鄰

特訓開場白

搬到日本之後，在自己的社區裡可能會接觸到「**町内会**（ちょうないかい）」（某區域內由居民發起以促進發展及連絡感情的自治組織或集會），其常見的活動包括春：「**花見大会**（はなみたいかい）」（賞花）、夏：「**納涼花火パーティー**（のうりょうはなび）」（乘涼煙火晚會）、秋：「**スポーツ大会**（たいかい）」（運動會）、冬：「**忘年会**（ぼうねんかい）」（尾牙）。我們也藉這些機會結交更多的日本朋友吧！

入住新家時　MP3 **034**

■ **今日（きょう）から隣（となり）の２０１※1 室（しつ）に引越（ひっこ）してきた宋（ソウ）※2 と申（もう）します。台湾（たいわん）出身（しゅっしん）です。**

替 也可置入全名

我是從今天搬來隔壁 201 房的住戶，敝姓宋，從台灣來的。

※ 1「201」唸成「にーまるいち」。這邊的「2」（に）或是「5」（ご）都是單個假名，但為了易讀通常發長音。另外，一般而言「4」大都讀成「よん」；「7」讀成「なな」（しち比較容易誤聽成いち）；「0」則常讀成「まる」。

※ 2 由於我們的名字對日本人來說是外國人的姓與名，對方可能無法一時反應過來，所以當下不妨唸慢一些。

■ **よろしくお願（ねが）いします。**

請多多指教。

■ **これ、※1 よろしかったら、お召（め）し上（あ）がりください※2。**

〔遞出禮物〕這個如果您不嫌棄的話，請嚐嚐看。

※ 1 從語法面來說，上句中「召し上がる」（め あ）的目的語是「これ」，因此其後接助詞應該用「を」，但是因爲「これ」被移於句前成爲句子的主題（焦點），所以應該要用「は」。碰到像這樣公說公有理、婆說婆有理，難以抉擇助詞的情況，通常就會採取折衷的方式——「無助詞」（むじょし）。而從情感面來說，「無助詞」（むじょし）讓整個句子不再一板一眼地著眼於助詞的功能性，使得正式程度減弱，故較能傳達說話者的感情，帶給聽話者悅耳的感覺。

※ 2 お＋動詞ます形＋ください＝敬語：尊敬語。「お召し上がりください」的詳細解說請見 P.110。

生活智慧王：喬遷蕎麥麵

在日本，新搬來的住戶為了連絡感情，都會請左鄰右舍吃「引越しそば」（ひっこ）（喬遷蕎麥麵），這意味著「おそばに参りました」（まい）（我來到您的旁邊），希望日後長長久久能受到對方的照顧。不過，像我們因留學或打工而暫時旅居日本，在公寓裡可能只住個一兩年，所以比起盛重的蕎麥麵，其實買個點心或餅乾來向鄰居聊表心意就可以了。除了左右鄰居之外，有時自己可能會影響到住在下層的住戶，所以樓下的鄰居也記得打點喔！

❋ 住宿中有話跟管理員說　◎ MP3 **035**

■ 今日（きょう）、私（わたし）の荷物（にもつ）が届（とど）いていますか？

　　　替 とか※（等等的東西）

（直譯：今天我的包裹寄到了嗎？）今天有我的包裹嗎？

※ 有些人會使用「とか」（副助詞）是因爲其帶有「等等的東西」之意，表示從許多事物當中舉例，這種舉例來說的曖昧感能製造出語氣緩和的氛圍。若接「が」（格助詞），語意就會變成「說穿了就是『私の荷物』」。

■ 今日の午後、インターネットで注文した本が届きます。

我在網路上訂的書今天下午會送到。

外 インターネット【Internet】網路

■ お金を先に預けておきますので、
代わりに支払って受け取っておいてもらえますか？

我把錢先寄放在這裡，你可以先幫我付款簽收嗎？

■ ２０５室に住んでいる陳さんに渡したいものがあるのですが※、

替 ん　替 けど

彼が帰ってきた時にこれを渡してもらえますか？

替 ませんか（否定的說法語氣更婉轉）

我有東西想交給住在 205 房的陳先生／小姐，等他回來的時候，可以請您幫
我轉交給他嗎？

※「～のですが」比「～んですけど」正式

■ 急にインターネットが使えなくなったんですけど、
何か分かりますか？

網路突然不能用了，您是否知道發生了什麼狀況？

■ パソコン室の鍵を開けてもらってもいいですか？

替 ルーム【room】房間

可以幫我打開電腦室的門嗎？

外 パソコン（原：パーソナルコンピューター）【personal computer】個人電腦

■ 明日から二週間京都に旅行に行きます。

替 行ってきます（去一趟）

我明天起要去京都玩兩個星期。

■ これ、札幌のお土産です。よろしかったら、お召し上がりください。

這是札幌的特產。您不嫌棄的話，請嚐嚐看。

■ これ、実家から送られてきたので、良かったら、どうぞ。

這是從（台灣）老家寄來給我的，不嫌棄的話，請（收下）。

■ 部屋で何か変な音※がするので、一緒に見てもらってもいいですか？　音 します

房間裡有怪聲音什麼的，可以麻煩您跟我一起去看看嗎？

※「音」：物品等發出的聲音；「声」：人或動物發出的聲音。

■ このあたりにクリーニング屋さんはありますか？

這附近有乾洗店嗎？

外 クリーニング【cleaning】乾洗

■ 台車を使いたいのですが、お借りしてもよろしいですか？

〔想搬運東西時〕我想用推車，所以可以跟您借一下嗎？

會話實況
LIVE

※ 垃圾分類 ◎ MP3 036

A：これ（は）、どう分別すればいいですか？燃えるごみですか？燃えないごみですか？

B：これは燃えるごみだから、水曜日に出せます。

A：這要怎麼分類？是可燃垃圾還是不可燃垃圾？

B：這是可燃垃圾，所以星期三可以拿出來倒。

■ **テレビを捨てたいんですけど…**※

我想把電視丟掉。

外 テレビ（原：テレビジョン）【television】電視

※「…」中省略了「那該怎麼辦才好呢」。在日文裡像這樣使用接續助詞「けど」
（較口語）或「が」（較正式）做結尾，點到為止的說法是很常見的。

生活智慧王：垃圾分類，愈分愈累？

在日本生活的首要功課，就是學習如何「**ゴミ分別**」（垃圾分類）。也就
是，在指定的時間內把垃圾拿到垃圾回收區，並且將每種垃圾都井然有序
地歸類整齊，而分類方式依每個地方自治體略有不同。垃圾分類，愈分愈
累嗎？只要有下列簡略的垃圾分類表，三兩下就清潔溜溜！

可燃ごみ ＝燃やすごみ	台所ごみ（廚餘）、ビニール（塑料）、プラスチック（塑膠）、発泡スチロール（保麗龍）、紙くず（紙屑）、皮製品（皮製品）等
不燃ごみ ＝燃えないごみ	セトモノ（陶瓷器）、ガラス製品（玻璃製品）、金属類（金屬類）等
再利用回収資源	ペットボトル（保特瓶）、紙パック（牛奶或果汁的紙盒）、段ボール（瓦楞紙；紙箱）、アルミかん（鋁罐）、スチールかん（鐵罐）、ビールびん（啤酒瓶）、ドリンクびん（飲料瓶）、ウィスキーびん（威士忌瓶）等

而像電視、自行車等「**粗大ごみ**」（大型垃圾），則必須付費請回收業者
來取走。若想省錢，就得花點功夫上網找就近的二手回收公司，和他們商
量看看是否可以轉賣或是免費載走。

■ 来週、引越ししようかなと考えているんですけど、
　おすすめの引越し業者とかはありますかね※？

　　　　　　　　　　　替 って（口語說法）

我在考慮下個星期要不要搬家，您有推薦的搬家公司嗎？

※ 疑問句裡也會出現「か」加上「ね」的組合，在口氣上較爲緩和。

■ 昨日、引越し業者から連絡がありまして、明日の午後、
　3時に引越すことになりました※。

昨天搬家公司告訴我說，明天下午三點要來幫我搬家。

※ 動詞原形＋ことになりました＝客觀陳述某個做好的決定或結果

■ 今までお世話になりました。ありがとうございました。

（直譯：從過去到現在受您照顧了。謝謝您。）

謝謝您一直以來對我的照顧。

生活智慧王：舊物換現金

大家身邊或多或少都會有一些擺著不用的東西吧？除了丟掉之外，可以考慮賣給二手店，讓這些物品獲得重生的機會吧！在日本我們可以這麼做：攜帶身份證件到店裡，告訴店方：「**すみません、これを売りたいんですけど…**」（不好意思，我想要賣掉這個東西。）之後經過對方的審核和估價，順利的話就能舊物換現金了。

除了上述的「**リサイクルショップ**」，還有一種地方公共團體的「**リサイクルセンター**」（資源回收站）。那裡可回收舊衣物等，也常舉行類似跳蚤市場的活動，大家也不妨考慮利用喔！

✳ 利用公民館 ◎ MP3 **039**

◎「公民館」為提供社會教育的公共設施，有時也會為外國人舉辦讀
書會等活動。

■ これ（は）外国人でも参加できますか？

這個，即使是外國人也可以參加嗎？

■ <u>ここの英会話同好会に入りたい</u>んですけど…

替 この本を借りたい（想借這本書）

替 これ（を）、申し込みたい（想報名這個活動）

替 コピーしたい【copy】（想影印）

我想參加這裡的英語會話同好社。

■ 明日、ここ（は）、<u>開いていますか</u>？

替 休みですか（休館嗎）

明天這裡有開嗎？

■ パソコン室はありますか？

這裡有電腦室嗎？

🍴 生活智慧王：字藏玄機

「身体障害者」（身心殘障者）這個單字，現今由於其中漢字「害」恐怕
帶給殘障者本人及其家人負面的觀感，所以改用「平假名」標出，也就是
「身体障がい者」，由此小動作能感受到日本社會對於殘障者的人文關懷。

結訓練習題

❀ 日文解碼

	（日文假名）	（中文意思）
① 勝手	_____	_____
② 余計	_____	_____
③ 迷惑	_____	_____
④ 無理	_____	_____
⑤ 納得	_____	_____

❀ 關鍵助詞

① 短(みじか)い間(あいだ)でした（　　）、お世話(せわ)になりました。

② 体(からだ)（　　）気(き)（　　）付(つ)けてください。

③ 気(き)（　　）かけてくれてありがとうございます。

④ ピアノ（　　）上手(じょうず)ですね。

⑤ そんなこと（　　）ありません。

（請依左方的句子，用日文寫出適當的回應。）

① おはようございます。＿＿＿＿＿＿＿＿＿＿＿＿＿＿＿

② お元気ですか？＿＿＿＿＿＿＿＿＿＿＿＿＿＿＿＿＿＿

③ 行ってきます。＿＿＿＿＿＿＿＿＿＿＿＿＿＿＿＿＿＿

④ ただいま帰りました。＿＿＿＿＿＿＿＿＿＿＿＿＿＿＿

⑤ お先に失礼します。＿＿＿＿＿＿＿＿＿＿＿＿＿＿＿＿

❊ 有話直說

（請依左方的中文提示，寫出適當的日文句子。）

① 借過時要說聲　＿＿＿＿＿＿＿＿＿＿＿＿＿＿＿＿＿＿

② 在睡前說的問候語是　＿＿＿＿＿＿＿＿＿＿＿＿＿＿＿

③ 聽到對方生病時　＿＿＿＿＿＿＿＿＿＿＿＿＿＿＿＿＿

④ 表明自己馬上回來時　＿＿＿＿＿＿＿＿＿＿＿＿＿＿＿

⑤ 聖誕節要祝福老師時　＿＿＿＿＿＿＿＿＿＿＿＿＿＿＿

特訓 2
開始日本新生活

特訓暖身操

✺ 字彙預習

① 日当たり ひ あ	⓪ 日光照射	② 再発行 さいはっこう	③ 補發
③ 写し うつ	③ 影本	④ 手続き て つづ	② 手續
⑤ 振込み ふりこ	⓪ 匯款	⑥ 使い方 つか かた	⓪ 用法
⑦ タイプ	① 種類；類型	⑧ バッテリー	①⓪ 電池
⑨ カタログ	⓪ 型録	⑩ 特典 とくてん	⓪ 優惠；贈品

✺ 句型預習

① 動詞て形＋みます。 試著～／～看看。

　　例 ちょっと考えてみます。 我考慮看看。
　　　　　かんが

② 動詞ます形＋たいと思います。 我想～。
　　　　　　　　　　　　おも
　　例 もう一度検討したいと思います。 我想再評估看看。
　　　　いち ど けんとう　　　　　おも

③ 動詞ます形＋たいのですが… 〔提出請求〕我想～（，可以嗎／怎麼辦才好？）

　　例 転出届をしたいのですが… 我想辦遷出的手續。
　　　　てんしゅつとどけ

④ ～はどこですか？ ～在哪裡？

　　例 ワイヤーロックはどこですか？ 輪胎鎖放在哪裡？

56

2-1 辦理居留卡

（特訓開場白）

打算中長期旅居日本的人，都必須先到日本交流協會申請入境簽證，並取得在留資格（留學生：留学；度假打工：特定活動）。之後，到了成田、羽田、中部、關西等四大機場，在入國審查時就可領取外國人的身份證，也就是「**在留カード**」（居留卡）。

會話實況 LIVE

❀ **入國審查** ◎ MP3 **040**

A：お願いします。

B：アルバイトしますか？

A：アルバイトします。

B：申請書 ※を出してください。

A：はい、これです。

B：どうぞ。

. . . .

A：〔遞出護照及入境登記卡：外国人入国記録〕麻煩你了。

B：〔假設是留學簽證〕你會打工嗎？

A：我會打工。

B：請給我申請書。

A：好的，在這裡。

B：請收回。

 アルバイト 【德 Arbeit】 打工

※ 申請書在台灣辦理簽證時可取得，而日本的機場櫃台也有。

⚡ 生活智慧王：「居留卡」上路了

隨著 2012 年 7 月 9 日「新在留管理制度」的實施，日本開始啓用「**在留カード**」（居留卡）取代過去的外國人登錄制度。主要的相關資訊有：

① 國籍可直接登錄「台灣」；姓名可以中文字登錄，但需使用日本漢字，如「黃」需登錄為「黄」。

② 居留期限最長更新為「5 年」。

③ 必須於決定居住地後 14 日內，攜帶在機場所領到的居留卡到就近的市區公所辦理居住地申報。（若是從上述四大機場以外的機場入境，會在護照上加蓋上陸許可章。原則上地方入國管理官署會將居留卡郵寄至居住地。）

④ 居留卡如需辦理「個人資料更新」、「有效期限更新」、「補發」及「所屬機構」、「配偶申報」等手續，請至地方入國管理官署，若是「更新居住地」的話，在市區公所辦理即可。

⑤ 只要持有效護照及居留卡，暫時離境日本一年內再入境時，原則上不必辦理再入國許可等手續。

⑥ 未滿 16 歲的青少年，由於在外觀上還有變化的可能，因此其居留卡上暫不放照片。

圖片來源：http://www.immi-moj.go.jp/newimmiact_1/point_1-2.html

2-2 租房子

特訓開場白

在日本租屋有以下幾個步驟：

① 透過網路尋找物件

② 前往仲介公司向業者洽詢細節

③ 親赴現場了解房子的實際狀況

④ 提出申請後接受入住審核

⑤ 簽訂契約及繳款（管理費、禮金、押金等加起來約為房租的 5 到 6 倍）

⑥ 搬家入住

特訓 ②

會話實況 LIVE

※ **剛進店內** ◎ MP3 **041**

A：どんな物件を探していますか？

　替 お探しでしょうか（敬語：尊敬語）

B：ワンルーム（の物件）を探しているのですが…

　替 マンション（高級公寓）／アパート（普通公寓）／シェアハウス【share house】（和別人共同租屋的方式）※ 前兩者的詳細解釋請見 P.61

A：您要看什麼樣的房子呢？

B：我在找套房。

外 ワンルーム（原：ワンルームマンション）【和 one-room ＋ mansion】套房

2-2 租房子　59

A：すみません、このあたりに良い_よ※1物件_{ぶっけん}（は）ありますか？

　　 替 いい

B：あります。どんな条件_{じょうけん}がありますか？※2

A：駅_{えき}に近_{ちか}くて日当_{ひあ}たりが良_よくて、家賃_{やちん}が安_{やす}い場所_{ばしょ}がいいです。

　　 替 コンビニ（原：コンビニエンスストア）　　 替 ところ

　　 【convenience store】便利商店

A：不好意思，這附近有好的房子嗎？

B：有。（直譯：有什麼樣的條件呢？）您有什麼樣的需求呢？

A：離車站近、光線充足、房租便宜的地方比較理想。

※1「良い_よ」（書面語）比「いい」（口語）正式

※2 有時對方也會遞出相關條件的表格請你勾選

A：家賃_{やちん}のご予算_{よさん}は（いくらですか）？

B：月_{つき}に5万円_{まんえん}です。

　　　　　　　　 替 考_{かんが}えています（打算）

A：こちら（を）ご覧_{らん}ください。

B：この物件_{ぶっけん}を見_みせてください。

　　 替 他_{ほか}の物件_{ぶっけん}も（其他的房子也）

A：您房租的預算是（多少）？

B：一個月 5 萬日圓。

A：請您看看這些資料。

B：請讓我看看這間房子。

※ 房仲手續費簽約完之後才支付，基本上約為單月房租加上消費稅的金額。

 生活智慧王：租屋房型

■ 1R（ワンルーム）

R 是「room 房間」，指臥室和小廚房是一體的，和 1K、1DK 面積相同，但租金較便宜。

■ 1K（ワンケー）

K 是「kitchen 廚房」，約 4.5 個榻榻米大，和房間分開。

■ 1DK（ワンディーケー）

DK 是指「ダイニングキッチン」【和 dining + kitchen】廚房兼飯廳，約有 4.5 到 8 個榻榻米大。

■ 1LDK（ワンエルディーケー）

LDK 是指【living room, dining room, kitchen】有起居室、飯廳及廚房（比 1DK 的大），面積約超過 8 個榻榻米，起居室會被隔開。

在日本的公寓裡，「マンション」【mansion】指的是三層以上、鋼筋混凝土的建築結構，給人租金較貴的印象；「アパート」【由 apartment house 轉化而來】一般指至多兩層、木造或輕量型鋼的建築結構，另有「ハイツ」【heights】及「コーポ」（原：コーポラス）【源自 cooperative house】等兩種別稱，給人租金較便宜的印象。

■ このあたりで部屋を探しているのですが…

（直譯：我正在這附近找房間。）我想在這附近租屋。

■ 1階の部屋を希望しています。

我希望住在一樓。

■ すみません、あと3、4軒ぐらい部屋を見たいですが、よろしいですか？

不好意思，我想再多看個三、四間房子，可以嗎？

■ これ以外、他にないですか？

除了這間以外，有沒有其他的（房子）呢？

■ 今日見た部屋の間取りを全部ください。

請你把今天看過的房間格局圖全都給我。

會話實況 LIVE

■ 前往看屋　◎ MP3 **045**

A：どうですか？

　　替 いかがですか（正式說法）

B：そうですね。ちょっと考えてみます。

　　　　　　　替 検討させてください（請讓我好好想想）

A：您覺得如何？

B：嗯，我考慮看看。

■ <u>靴を脱いだ</u>ほうがいいですか？

▲替 履き替えた（換鞋）

〔進屋前問房仲業者〕（直譯：把鞋脫掉比較好嗎？）要脫鞋嗎？

■ 洗濯機はどこですか？

洗衣機（要放）在哪裡？

※ 有時在公共區域會有投幣式的洗衣機

■ ここの騒音はうるさいですか？

（直譯：這邊的噪音吵嗎？）這邊會很吵嗎？

■ 日当たりはどうですか？

（直譯：日光照射如何？）陽光照得進來嗎？

■ スーパーはどのあたり<u>ですか</u>？

▲替 にありますか

超市在哪一帶？

外 スーパー（原：スーパーマーケット）【supermarket】超級市場

■ 三日後、（また）返事したいと思います。

我想三天後（再）回覆你。

■ 明後日連絡しても、いいですか？

我後天跟你連絡，好嗎？

■ もしもし、留学生の洪ですが、先ほど拝見した^{※1}部屋を
もう一度見せてください。見たあとに決めます。

▲ 替 もう一度検討^{※2}したいと思います（我想再評估看看）

▲ 替 お借りしたい^{※3}と思っています（我想租下來）

〔打電話回覆對方時〕喂，我是留學生洪同學，

請讓我再看看剛剛去參觀過的那間房子，看完以後我會決定。

※1「拝見する→した」是「見る」的敬語：謙讓語

※2「検討する」也有「婉轉拒絕」之意

※3 お＋動詞ます形＋します→したい＝敬語：謙讓語

進入簽約程序 ◎ MP3 **048**

A：こちら、お気に召しました[※]か？

B：はい、気に入りました。この部屋にします。

A：ありがとうございます。では、契約に移らせていただきます。

A：這裡您還中意嗎？

B：嗯，我很喜歡。我決定要（租）這個房間了。

A：謝謝你。那接下來就進入簽約的程序。

※「お気に召す→召します→召しました」是「気に入る」、「好む」的敬語：尊
敬語

■ もし2年以内に引越しするとしたら（どうすればいいですか）？

〔假設簽兩年合約〕如果兩年之內想要搬家的話（該如何是好呢）？

■ 入居審査には<u>どれぐらい</u>時間がかかりますか？

替 どのくらい

入住審核要花多久的時間呢？

■ 保証人になってくれる人がいないのですが…

我找不到人當我的保證人。

■ 契約に必要な書類は何ですか？

簽約時需要什麼文件呢？

■ ちょっと相談したいのですが、敷金と礼金が安くなりませんか？

我想跟您商量一下，押金和禮金可以少算一點嗎？

■ 家賃をもう少し安くしてもらえませんか？

房租可以再算我便宜一點嗎？

■ <u>どこに</u>書くんですか？

替 こちらも（這邊也要）

要寫在哪裡？

生活智慧王：租屋關係人

租屋簽約時基本上會需要「連帯保証人」。如果你是留學生的話，可請學校幫忙，有的學校會協助介紹相關的公司，如學生住宅中心，提供民間保證的服務。

2-3 辦理國民健保等業務

根據目前的制度，在日本居留為期超過三個月以上的外國人士，有義務投保國民健康保險。要長期居留在日本的各位，為了避免突如其來的傷病所造成的龐大支出，到了日本安頓好之後，請至市公所投保國民健康保險。投保之後就能憑健保卡看病，日本政府將支付醫療費的 70%，而其餘的 30% 則屬自費額。

※ 關於國民保險　◎ MP3 **050**

■ 国民保険に加入したいのですが…

　　　　▲ 舊 入り はい

我想要加保國民保險。

■ 国民保険の住所変更をお願いします。

〔從某處搬來後〕我想要麻煩你幫我更新國民保險的通訊地址。

■ 保険証を失くしてしまったので、再発行（を）お願いします。

我把保險卡弄不見了，所以想麻煩您幫我補發。

A：<ruby>転出届<rt>てんしゅつとどけ</rt></ruby>をしたいのですが…

B：どちら^{※1}に<ruby>お引越<rt>ひっこ</rt></ruby>しされます^{※2}か？

A：<ruby>埼玉県<rt>さいたまけん</rt></ruby>の<ruby>所沢<rt>ところざわ</rt></ruby>です。

A：我想辦遷出手續。

B：您要搬到哪裡去？

A：埼玉縣的所澤。

※ 1「どちら」是「どこ」的「丁寧語」(客氣說法)

※ 2「お引越しされます」＝「サ行変格活用動詞的未然形（さ）」＋「れます→
　　れる」(表尊敬的助動詞)

※ **遷入手續** ◎ MP3 **052**

A：<ruby>転入届<rt>てんにゅうとどけ</rt></ruby>をしたいのですが…

B：どちらから<ruby>引越<rt>ひっこ</rt></ruby>されたのですか？

A：<ruby>東京<rt>とうきょう</rt></ruby>の<ruby>練馬区<rt>ねりまく</rt></ruby>からです。

A：我想辦遷入手續。

B：您從哪裡搬來的呢？

A：東京的練馬區[※]。

※ 東京共有 23 區，其他還包括：「<ruby>中央区<rt>ちゅうおうく</rt></ruby>」、「<ruby>港区<rt>みなとく</rt></ruby>」、「<ruby>新宿区<rt>しんじゅくく</rt></ruby>」、「<ruby>文京区<rt>ぶんきょうく</rt></ruby>」、
　「<ruby>足立区<rt>あだちく</rt></ruby>」、「<ruby>台東区<rt>たいとうく</rt></ruby>」、「<ruby>墨田区<rt>すみだく</rt></ruby>」、「<ruby>品川区<rt>しながわく</rt></ruby>」、「<ruby>世田谷区<rt>せたがやく</rt></ruby>」、「<ruby>杉並区<rt>すぎなみく</rt></ruby>」、「<ruby>葛<rt>かつ</rt></ruby>
　<ruby>飾区<rt>しかく</rt></ruby>」、「<ruby>江戸川区<rt>えどがわく</rt></ruby>」、「<ruby>北区<rt>きたく</rt></ruby>」、「<ruby>渋谷区<rt>しぶやく</rt></ruby>」、「<ruby>中野区<rt>なかのく</rt></ruby>」、「<ruby>大田区<rt>おおたく</rt></ruby>」、「<ruby>板橋区<rt>いたばしく</rt></ruby>」、
　「<ruby>江東区<rt>こうとうく</rt></ruby>」、「<ruby>目黒区<rt>めぐろく</rt></ruby>」、「<ruby>千代田区<rt>ちよだく</rt></ruby>」、「<ruby>荒川区<rt>あらかわく</rt></ruby>」及「<ruby>豊島区<rt>としまく</rt></ruby>」。

特訓 ②

■ 住民票の写しをお願いしたいのですが…

　　　　　替 コピー【copy】

我想要申請住民票（戶籍資料）的影本。

■ これが遅れてしまったのですが…

〔手指著保費繳款單〕這個過期了（還沒繳）。

■ これについて聞きたいのですが、私の名前の漢字が違うんです。

　　　　　　　　　替 が一つ足りない

　　　　　　　　　　　（少了一個字）

〔資料有誤時〕我想詢問有關這張單子的事，（這上面）我名字的漢字錯了。

■ 平日は何時まで開いていますか？

平日開到幾點呢？

■ 飲食できる場所がありますか？

〔想找餐廳吃中飯時〕有可以用餐的地方嗎？

■ ここは職員でなくても利用できますか？

　　　　　替 関係者（相關人員）

（直譯：這裡即使不是職員也可以利用嗎？）

我不是這裡的員工，也可以進來用餐嗎？

2-4 辦理銀行相關業務

特訓開場白

去銀行辦事的時候，跟台灣一樣要抽號碼牌。有時也會有行員在抽號碼牌的機器旁邊，親切地詢問民眾要辦理何種業務。新開戶時，必須攜帶居留卡和印章到「租屋處附近」的銀行或郵局辦理。當天雖可辦提款卡，但需等候一週以上才能收到卡片。

會話實況 LIVE

抽號碼牌 ◎ MP3 **054**

A：いらっしゃいませ。番号札を取ってお待ちください。
　　替 整理券 ※1

A：566番の方、3番の窓口までおいで ※2 ください。

A：歡迎光臨。請抽號碼牌稍候一下。

A：〔廣播中〕來賓 566 號，請到三號櫃台。

※1「整理券」還可指搭乘公車時上車後所拿到的乘車證明，以及進入店鋪等前的排隊號碼牌。

※2「おいで」是「行く」、「来る」、「居る」的尊敬語，意同「おいでになる」、「いらっしゃる」。

A：いらっしゃいませ。

替 お待たせしました（讓您久等了）

今日[※]はどのようなご用件でしょうか？

替 本日[※]はどういったお手続きですか

B：お金を預けたいんですが…

替 預金したい

A：歡迎光臨。您今天要辦理什麼樣的業務呢？

B：我想要存款。

※「本日」比「今日」來得正式

■ **すみません、口座を開きたいのですが…**

替 作りたい

替 解約したい（結清）

不好意思，我想要開個戶頭。

■ **新しい通帳に書き換えたいのですが…**

替 記入したい

〔存摺用完時〕我想要補登（資料）到新的存摺上。

■ **台湾ドルを日本円に両替したいのですが…**

我想把台幣換成日幣。

外 ドル【荷 dollar】貨幣單位，多指「美金」。

■ 両替[※]したいのですが…

我想要換錢。

※「両替」一詞常指換開大鈔。多數的便利商店因爲擔心碰到假鈔換眞鈔、

趁機搶劫、把錢弄錯等情況，都不太願意幫客人換零錢。所以需要零錢時，

可以在店員找錢時提醒一聲：

「お釣り（は）、全部百円玉でもらえますか？」

（找零可以都換成百圓硬幣嗎？）

■ 学費を払いたいのですが…

替 税金（稅金）／保険料（保險費）／水道代（水費）／
ガス代【gas】（瓦斯費）／電気代（電費）

我想要繳學費。

■ 振込みをしたいのですが…

替 送金

我想匯款。

■ 海外に送金[※]したいのですが…

我想匯錢到國外去。

※ 這裡的「送金（する）」不能替換成「振込み（する）」，因爲「振込み」不
包括海外匯款。

☆省錢小撇步

在銀行的 ATM 旁，都有信封讓大家索取。

　　某日去銀行的路上，迎面走來一位男子，突然他的零錢噗通噗通地掉滿地。這時擋不住台灣人的熱血，幫忙對方一起撿銅板：

A すみません、これはあなたのですか？落ちましたよ[※]。

　　　　　　　　　　　　替 **落ちていましたよ**

B ありがとうございます。

A：不好意思，這是你的嗎？剛掉了喔！

B：謝謝您。

※ 因為撿起來的零錢是對方的，所以不能說「あげます」（我給你）。如果是自己的東西要給人的時候才能用「あげます」喔！

　　到了銀行裡，在等候區旁發現有人東西沒帶走。這時又擋不住台灣人的熱血，趕緊把撿到的東西交給銀行的工作人員：

A これ、誰か（が）忘れていましたけど…

　　　替 **これは忘れ物です**（這是別人掉的東西）

B すみません、ありがとうございます。^{※1}

A：這個不知道是誰掉的。

B：不好意思，謝謝你。

※1 也可只說「すみません」或「ありがとうございます」

※2 若將撿到的東西送到派出所的話，在那兒會有填寫「拾得物件預り書」

　　（遺失物保管書）的手續。

2-5 添購手機等用品

特訓開場白

手機應該可以說是現代人的民生必需品了吧！外國人在日本辦手機時，
需要攜帶「居留卡」及「護照」。為了將來每個月手機費的扣款，也需要
攜帶提款卡或信用卡（此兩種卡會有驗證不過的風險），或者存摺及存
摺印章（最保險）。因為辦手機都需要綁兩年合約，所以兩年內就回國的
話，屆時則免不了得支付解約金。

✽ 選購手機　◎ MP3 **058**

■ この<u>携帯</u>を見せてください。
けいたい　み

　　　　替 スマートフォン【smartphone】智慧型手機

請讓我看一下這台手機。

■ 機能や使い方など（を）教えてください。
きのう　つか　かた　　　　　おし

請教我一下（它的）功能和操作方式。

■ （この）スマートフォンの中で一番<u>人気</u>なのはどれですか？
　　　　　　　　　　　　なか　いちばんにんき

　　　　　　　　　替 売れている（暢銷）
　　　　　　　　　　　う

　　　　　　　　　替 使いやすい（容易操作）
　　　　　　　　　　　つか

（這些）智慧型手機當中，最受歡迎的是哪一台？

■ この機種は新しいですか？
きしゅ　あたら

這款機型是新出的嗎？

スタンドタイプの充電器<ruby>じゅうでんき</ruby>はありますか？

替 を一つ買<ruby>ひと か</ruby>いたいのですが…（我想買一個）

有座充嗎？

外 スタンド【stand】站立

外 タイプ【type】類型；款式

■ **バッテリーをもう一つ買<ruby>ひと か</ruby>いたいんですけど…**

我想再買一個電池。

外 バッテリー【battery】電池

■ **すみません、このタイプの黒は[※]ありますか？**

替 が[※]

不好意思，這款手機有黑的嗎？

※ 這裡我們來了解一下副助詞「は」和格助詞「が」的不同以及使用時機。

「は」有「対比<ruby>たいひ</ruby>」的特性；「が」則帶有「排他<ruby>はいた</ruby>」的意味。

比方說，現場看到白色的手機，而想詢問有無黑色款，這時形成了「対比<ruby>たいひ</ruby>」，所以上句用了「は」；現場看到白色的手機，雖然有紅色、綠色等選擇，但執意要問黑色款，此時即為所謂的「排他<ruby>はいた</ruby>」，所以替換句用了「が」。

■ **この携帯<ruby>けいたい</ruby>のＳＤカード（は）売<ruby>う</ruby>っていますか？**

這台手機用的 SD 卡有在賣嗎？

外 カード【card】卡片

■ **この携帯<ruby>けいたい</ruby>のデータをＳＤカードにバックアップしたいんですけど、どのようにすればいいですか？**

我想把這台手機裡的資料備份在 SD 卡裡，要怎麼做呢？

外 データ【data】資料

外 バックアップ【backup】備份

■ （携帯の）ストラップ※を見たいんですけど…

> 替 アクセサリー【accessory】飾品／ケース【case】皮套／
> ソフトカバー【soft cover】軟殻／ハードカバー【hard cover】硬殻

我想看看（手機的）吊飾。

外 ストラップ【strap】吊飾

※ 看到「ストラップ」，不禁想起另一個相似的單字「ストリップ」（原：ストリップショー）【strip show】脫衣舞。如果在店裡不小心用錯詞，說成了「我想看看手機的脫衣舞」，那後果就不堪設想了。避免貽笑大方，我們可以用點小巧思來辨別這兩個單字：

將「ストラップ」想成「スト拉ップ」：「拉」斷手機吊飾

將「ストリップ」想成「スト麗ップ」：美「麗」女子的脫衣舞

❖ 關於合約或方案等　◎ MP3 059

■ 途中解約の場合は、いくら払えばいいですか？

中途解約的話，要付多少錢呢？

■ ここがよく分からないので、分かりやすく教えてください。

〔閱讀合約時〕這裡我不太清楚，請你簡單地幫我解釋一下。

■ では、このプランは月にいくら払いますか？

那麼這個方案一個月要付多少錢呢？

■ 外国人にとって、安いプランがありますか？

> 替 お得な（划算）

有對外國人而言較經濟實惠的方案嗎？

外 プラン【plan】方案；計畫

※ 申辦智慧型手機常搭配「パケットし放題」【packet】上網吃到飽的方案

■ 他の<ruby>会社<rt>かいしゃ</rt></ruby>に<ruby>乗<rt>の</rt></ruby>り<ruby>換<rt>か</rt></ruby>えたいんですけど、<u>どうしたらいいですか</u>？

我想換成別家電信公司，（手續）要怎麼辦？

■ <ruby>私<rt>わたし</rt></ruby>は<ruby>中国語<rt>ちゅうごくご</rt></ruby>と<ruby>英語<rt>えいご</rt></ruby>しか<ruby>分<rt>わ</rt></ruby>からないので、<ruby>中国語<rt>ちゅうごくご</rt></ruby>か<ruby>英語<rt>えいご</rt></ruby>の[※]できる

スタッフを<u><ruby>願<rt>ねが</rt></ruby>いします。</u>

　　　　　替 はいますか？（有嗎）

我只懂中文和英文，所以請幫我找會中文或英文的客服人員。

外 スタッフ【staff】工作人員

※ 這裡以「の」取代了原來的「が」，形成「<ruby>連体修飾語<rt>れんたいしゅうしょくご</rt></ruby>」（類似英文中的「形容詞子句」）以修飾後方的「スタッフ」。

會話實況
LIVE

※ 在通訊行 ◎ MP3 **060**

Ａ：<ruby>お客様<rt>きゃくさま</rt></ruby>、<ruby>ご用件<rt>ようけん</rt></ruby>を<ruby>伺<rt>うかが</rt></ruby>いますが…

　　替 いらっしゃいませ。（歡迎光臨）

　　替 お<ruby>待<rt>ま</rt></ruby>たせしました。（讓您久等了）

Ｂ１：<ruby>携帯<rt>けいたい</rt></ruby>の<ruby>修理<rt>しゅうり</rt></ruby>が<ruby>終<rt>お</rt></ruby>わったので、<ruby>取<rt>と</rt></ruby>りに<ruby>来<rt>き</rt></ruby>てくださいと<ruby>言<rt>い</rt></ruby>われました。

Ｂ２：<u><ruby>料金<rt>りょうきん</rt></ruby></u>について<ruby>聞<rt>き</rt></ruby>きたいんですけど…

　　替 <ruby>携帯<rt>けいたい</rt></ruby>の<ruby>機能<rt>きのう</rt></ruby>（手機功能）

　　替 <ruby>乗<rt>の</rt></ruby>り<ruby>換<rt>か</rt></ruby>え（換電信公司）

Ｂ３：<ruby>携帯<rt>けいたい</rt></ruby>の<u><ruby>修理<rt>しゅうり</rt></ruby></u>に<ruby>出<rt>だ</rt></ruby>したいのですが…

　　　　替 メンテナンス【maintenance】保養

替 外裝交換（更換外殼）

替 リニューアル【renewal】更新

A：您要辦理什麼樣的業務？

B1：我收到通知說，手機已經修好了，請我過來拿。

B2：我想詢問有關繳費的問題。

B3：我想送修手機。

※ 送修期間店家會提供暫時替代的手機

會話實況 LIVE

✻ 添購生活用品 ◎ MP3 **061**

A：**これはまだありますか？**

B：**申し訳ございません**※**、こちらの商品は売り切れました。**

替 扱っておりません（沒有販賣）

A：**あっ、そうですか。いつごろ入荷しますか？**

替 入ります

B：**五日後入荷します。**

A：〔指著傳單上的某件商品〕這個東西還有嗎？

B：抱歉，這件商品已經賣完了。

A：啊，這樣子喔。什麼時候會再進貨呢？

B：五天後會再進貨。

※「申し訳ございません」比「すみません」更鄭重

■ **これは、どうやって使うんですか？**

這個該怎麼用呢？

■ **部屋に明かりがないのですが…**

替 の明かりを探しに来たのですが…（我來買照明設備）

替 て

（我家的）房間裡沒有照明設備／燈管。

※ 在外租屋有時會碰到連燈管都要自己去買的情況。

■ **一人暮らし用のオススメの洗濯機はありますか？**

有適合一個人住、值得推薦的洗衣機嗎？

■ **この冷蔵庫のパンフレットをもらえますか？**

我可以拿一份這台冰箱的簡介嗎？

外 パンフレット【pamphlet】簡介

■ **これにします。**

替 に決めます（我決定要）

替 が欲しいです（我想要）

替 を買います（我要買）

替 ください（請給我）

替 もらいます

替 いただきます（敬語：謙讓語）

我要這個。

78

■ インターネットを使いたいのですが、どうすればいいですか？

我想使用網路，該怎麼申辦才好？

■ これ（を）、もう少し負けて[※]もらえませんか？

替 安くして

這個可以算我便宜一點嗎？

※ 大家都知道「勉強する」是指「學習」，不過也有「降價販售」的意思喔！

　　所以，我們在關西地方也可能會聽到這樣的說法：
　　「これ、もう少し勉強してもらえませんか？」

特訓②

■ この洗濯機とこの冷蔵庫を一緒に買うので、何か特典[※]とか（は）

ないですか？

這台洗衣機和這台冰箱我要一起買，你們有什麼特別的優惠之類的嗎？

※「特典」涵蓋的範圍廣泛，包括「割引」（折扣）、「ポイント」【point】（點數）

　　和「おまけ」（贈品）等。

■ ＡＢＣの電子レンジがありますか？

替 自己喜愛的品牌

（你們這邊）有 ABC 牌的微波爐嗎？

外 電子レンジ【range】微波爐

■ これを買いたいので、裾上げできますか？

替 してもらえますか（可以幫我嗎）

我想買這個，能修改褲管嗎？

■ すみません、裾上げ（が）終わりましたか？

不好意思，褲管改好了嗎？

■ **レディース**もありますか？（這裡）也有女生的東西嗎？

　　替 女性もの

　　替 女性用の服（女裝 ※）

　　外 レディース【ladies】女用；

　　　　メンズ【men's】＝男性もの（男性用品）、男性用の服（男裝）

　　※ 日文裡雖然也有「女裝」一詞，但指的是男扮「女裝」的意思。

❋ 結帳時　◎ MP3 **063**

■ 上で会計してもいいですか？

我也可以在上面（的樓層）結帳嗎？

※ 並非每家店都能跨層結帳，請大家要事先問清楚。

■ 今日、ポイントカードを作りたいのですが…

今天我想辦張集點卡。

　　外 ポイントカード【和 point ＋ card】集點卡

■ 今日、ポイントカードを持って来なかったのですが…

今天我沒有帶集點卡過來。

■ 今、どのぐらいのポイントがたまっていますか？

現在我已經累積多少點數了？

■ 今日、このカードのポイントで買いたいんですが…

今天我想用這張卡片（裡面）的點數消費。

■ ポイントカードを出し忘れたのですが、
　今ポイントを付けてもらえますか？

我剛忘記把集點卡拿出來了，現在能幫我補加點數嗎？

■ 1万円は現金で、1万円はクレジットカードで支払ってもいいですか？

替 支払いできますか？（能結帳嗎）

替 支払います。（結帳）

我可以一萬日圓付現、一萬日圓刷卡嗎？

外 クレジットカード【credit card】信用卡

■ これも一緒に入れてください。

〔拿出別處買的東西〕這個也請你幫我放進去。

■ これも一緒に入れて欲しいので、少し大きい袋<u>でもいいですか</u>？

替 をもらえますか

（可以給我嗎）

這個也想請你幫我一起放進去，所以給我大一點的袋子好嗎？

■ すみません、ここに傷があるので、交換してください。

〔結帳後發現東西有問題時〕不好意思，這裡有刮痕，請幫我換貨。

※ 購買大型家電後 ◎ MP3 **064**

A：<u>お家</u>に届けましょうか？
　　替 お宅／お住まい

B：はい、お願いします。

A：我們幫您送到府上吧，好嗎？

B：好的，麻煩你了。

 生活智慧王：擋不住的誘惑

購物時，總有些單字帶有莫名的吸引力，不禁讓愛撿便宜的你眼睛發亮，如：「テスター」【tester】／「試供品」（試用品）、「試食品」（試吃品）、「サンプル」【sample】（樣品）、「半額」（半價）、「お買い得」（買到賺到）、「お値引き」（大減價）、「激安」（超低價）、「在庫処分」（庫存清倉）、「閉店セール」【sale】（結束營業大拍賣）、「タイムセール」【time sales】（限時特賣）、「キャンペーン実施中」【campaign】（促銷熱賣中）、「お一人様１点限り」（每人限購一個）等。只要處處留心，處處就有新發現，別錯失每個稍縱即逝的好機會喔！

■ **マットレスの詳細について聞きたいのですが…**

關於床墊的細節，我想問你一下。

外 マットレス【mattress】床墊

■ **これを見たいのですが…**

〔指著型錄上的東西，想問有無現貨時〕我想看看這個。

■ **カタログとそれは同じものですか？**

型錄上（印的這個）和那個是一樣的東西嗎？

外 カタログ【catalog】型錄

■ **新しいのはありますか？**

有新的嗎？

■ **展示品でもいいですから、売ってもらえますか？**

〔當商品沒庫存而只剩下展示品時〕就算是展示品也好，可以賣給我嗎？

■ **試してみてもいいですか？**

〔想插電用看看時〕我可以試用一下嗎？

■ **この近くに他のＡＢＣ（が）ありますか？**

替 置入店名

這附近有其他家的「ＡＢＣ」嗎？

■ **他の店から取り寄せができますか？**

可以從其他分店那邊調貨過來嗎？

■ **これ（を）、取り置きしておいて※もらえますか？**

這個可以先幫我留起來嗎？

※「取り置きしておいて」的口語說法為「取り置きしといて」，也就是「てお」
（teo）中因為省略了「e」，所以變成了「と」（to）。

■ **送料はいくらですか？**

運費要多少錢？

■ **この商品はどのぐらい使えますか？**

　　　　　替 の寿命はどのぐらいですか（壽命多長呢）

這個東西可以用多久？

■ **この商品の手入れはどのようにしますか？**

　　　　　替 メンテナンス【maintenance】

這個東西要如何保養？

■ **考えておきます。**

　　　替 検討してみます（評估看看）

我會列入考慮。

■ **回ってからまた検討します。**

我繞一圈回來再考慮。

■ **自転車を見たいのですが…**

我想看一下（這邊的）自行車。

※「ちゃり（んこ）」是「自転車」的俗稱，只適用於朋友之間的談話中。順
帶一提，「ママちゃり」即指「媽媽用自行車（淑女車）」。

84

■ 折り畳み自転車（は）、ありますか？

　替 ギアが付いている【gear】裝有變速裝置的

　替 マウンテンバイクみたいな【mountain bike】類似越野車的

　有折疊式自行車嗎？

■ 一番安いのはどれですか？

　最便宜的是哪一台？

■ かごのないタイプ（は）、ありますか？

　替 バスケット【basket】

　（直譯：是否有沒附籃子的款式？）我可以看一下沒有籃子的車嗎？

■ 乗ってみたいのですが…

　我想要試騎看看。

■ この自転車のカタログをもらえますか？

　我可以要一份這台自行車的型錄嗎？

■ ワイヤーロックはどこですか？

　輪胎鎖放在哪裡？

　外 ワイヤーロック【wire lock】輪胎鎖

※　**自行車有問題時**　◎ MP3 **067**

■ すみません、自転車の調子が悪いんですけど…

　不好意思，（我的）自行車騎起來怪怪的。

■ チェーンが外れちゃったんですけど、見てもらえますか？

　（我的自行車）落鏈了，可以幫我看一下嗎？

　外 チェーン【chain】鏈條

■ **<u>ここ</u>がおかしいです。**

　替 ブレーキ【brake】 煞車

　替 タイヤ【tire】 輪胎

　這裡怪怪的。

■ **どこがおかしいのか分^わからないので、見^みてください。**

　我不知道哪裡出了毛病，請你看一下。

■ **タイヤのパンク修理^{しゅうり}はいくらですか？**

　補輪胎要多少錢？

　外 パンク【puncture】 輪胎漏氣

■ **お願^{ねが}いします。**

　〔確定要請對方修理時〕麻煩你了。

 🐝 **生活智慧王：騎自行車的注意事項**

在日本「自行車」是種很玄的東西，如影隨形。無聲又無息出沒在身邊時，嚇人的程度不輸給台灣神出鬼沒的機車。在日本騎乘自行車時，以下幾點必須特別留意：

① 遵守路上「止まれ」（停下來）等交通標誌

② 行進時要與汽車同方向，沿著左邊車道慢騎。

③ 不可酒後騎車

④ 不可於人行道上「飆」車

⑤ 不可兩人共騎一台或兩台自行車並行

⑥ 不可邊使用手機或隨身聽邊騎車

⑦ 不可邊撐傘邊騎車

結訓練習題

※ 日文解碼

	（日文假名）	（中文意思）
① 家賃	_____	_____
② 両替	_____	_____
③ 騒音	_____	_____
④ 送金	_____	_____
⑤ 検討	_____	_____

特訓②

※ 關鍵助詞

① ここ（　　）傷（　　）あるので、交換してください。

② どれぐらい時間（　　）かかりますか？

③ 保険証（　　）失くしてしまったので、再発行をお願いします。

④ このプランは月（　　）いくら払いますか？

⑤ このカードのポイント（　　）買いたいんですが…

（請依左方的中文提示，填入適當的搭配詞語。）

① 光線充足 ＿＿＿＿＿＿＿＿＿＿＿＿＿＿＿＿良_よい

② 開戶 口座^{こうざ}＿＿＿＿＿＿＿＿＿＿＿＿＿＿＿

③ 送修 ＿＿＿＿＿＿＿＿＿＿＿＿＿＿＿出^だす

④ 打電話 電話^{でんわ}＿＿＿＿＿＿＿＿＿＿＿＿＿＿＿

⑤ 刷卡 ＿＿＿＿＿＿＿＿＿＿＿＿＿支払^{しはら}う

（請依左方的中文提示，寫出適當的日文句子。）

① 想請房屋仲介房租算便宜一點時 ＿＿＿＿＿＿＿＿＿＿＿＿＿

② 告訴對方自己想辦遷出手續時 ＿＿＿＿＿＿＿＿＿＿＿＿＿

③ 在銀行裡想要換錢時 ＿＿＿＿＿＿＿＿＿＿＿＿＿

④ 某條合約不懂而想請對方解釋時 ＿＿＿＿＿＿＿＿＿＿＿＿＿

⑤ 在賣場想詢問售貨員哪個最便宜時 ＿＿＿＿＿＿＿＿＿＿＿＿＿

特訓 **3**

適應日本新生活

特訓暖身操

❋ 字彙預習

① 込み合う （こ　あ）	③ ⓪ 事物或人多擁擠	② 改札口 （かいさつぐち）	④ 車站的票閘口
③ 日焼け （ひや）	⓪ 曬黑；曬傷	④ 引き続き （ひ　つづ）	⓪ 繼續
⑤ スキャナー	② 掃描器	⑥ 着払い （ちゃくばら）	③ 貨到付款
⑦ チョコレート	③ 巧克力	⑧ 速達 （そくたつ）	⓪ 限時專送；快遞
⑨ サラダ	① 沙拉	⑩ 取り寄せる （と　よ）	④ ⓪ 索取；訂購

❋ 句型預習

① 〜はありますか？ 有〜嗎？

　　例 水（みず）を飲（の）むところはありますか？ 有喝水的地方嗎？

② 〜をください。請給我〜。

　　例 遅延証明書（ちえんしょうめいしょ）をください。請給我（電車）誤點證明單。

③ <u>動詞た形</u>＋ことはありますか？ 曾經〜過嗎？

　　例 送（おく）ったことはありますか？ 你曾經寄過嗎？

④ 〜をもらえます（肯定說法也可以）→ません（否定說法更婉轉）＋か？

　　能否給我〜？

　　例 マドラーをもらえませんか？ 能否給我攪拌棒？

3-1 在車站

特訓開場白

日本的交通有許多地方會讓台灣人覺得大開眼界。例如，錯綜複雜的電車路線和動輒一兩個小時的通勤時間。此外，早上或晚上的某個時段，電車內設有「**女性專用車（両）**」（女性專用車廂），男性同胞們可別誤闖禁區喔！

※ **在月台上詢問站務員**　◎ MP3 **068**

■ **すみません、この電車は新宿駅に止まりますか？**

不好意思，這班電車會停新宿車站嗎？

■ **3分の各駅と10分の快速ではどちらが先に立川駅に着きますか？**

3分的各停（電車）和10分的快速（電車），哪一班會先抵達立川車站呢？

※「各駅（停車）」和「普通」都是每站都停的電車種類。不過前者常見於「市區」；後者常見於「郊區」。

■ 落し物センターはどこですか？

替 四番出口（四號出口）／お手洗い（洗手間）／公衆電話（公共電話）

失物招領中心在哪裡？

外 センター【center】中心

※ 在出站窗口 ◎ MP3 069

■ すみません、時刻表をください。

不好意思，請給我時刻表。

■（乗り越し）精算（を）お願いします。

〔坐過站時〕我要補票。

■ 池袋駅までの切符を買ってしまったので、払い戻し（を）お願いします。

我剛剛不小心車票買到池袋車站，想請你把多付的車錢退給我。

■ スイカを購入したいのですが…

替 買い

我想購買 Suica※。

※「Suica」是 JR 所發行的 IC 儲值卡

■ 間違えたので、取り消し（を）お願いします。

替 キャンセルしたいのですが…【cancel】取消

替 取り消して※もらってもいいですか？（可以幫我取消嗎）

〔進錯車站時〕我剛剛走錯了，請幫我取消（入站紀錄）。

※ 平時雖然「取り消しする」或「取り消す」這兩個動詞都能使用，但為了發音方便，這裡選用了「取り消す」。

生活智慧王：辦月票

第一次辦月票時，記得攜帶學校核發的「**通学証明書**」和窗口站務員說：
「**定期券を作りたいのですが…**」（我想辦月票），之後填寫「**申込書**」，
最後繳交 IC 卡（類似台灣的悠遊卡）的押金 500 日圓，以及所選擇之月
票類型的費用就行了。

❋ 電車誤點時　◎ MP3 **070**

■ **電車が遅れていますか？**

電車有誤點嗎？

■ **天王寺駅に帰りたいですけど、どうやって帰ればいいですか？**

　　　　　　　替 行きたい（想去）　　　　　　替 行けば（去的話）

我（現在）想回到天王寺車站，要怎樣才能回得去呢？

■ **遅延証明書をください。**

　　　　　　　替 もらえますか？（能給我嗎）

替 **振替乗車票**（替代運輸車票）

　　替 **振替輸送の切符**

請給我一張誤點證明單。

※ 電車誤點時，站務員會發給大家「遅延証明書」（以供提交學校或公司）和
　　「振替乗車票」（免費轉乘其他路線的電車或公車）。

■ **振替輸送の切符です。**

〔出站時把車票邊遞給站務員邊說〕替代運輸的車票給你。

■ ここから、上野駅まで歩いて行けますか？

從這裡走得到上野車站嗎？

■ 心斎橋駅まで歩いてどのぐらいかかりますか？

步行到心齋橋車站要多久？

■ 京都大学に行きたいのですが、<u>最寄りの</u>出口はどこですか？

替 一番近い

我想去京都大學，請問最近的出口在哪裡？

■ この電車は天下茶屋に行きますか？

這班電車會到天下茶屋嗎？

■ 改札（口）を<u>通れなかった</u>のですが…

替 を出られなかった

替 で引っかかった（被卡在剪票口）

〔IC 儲值卡刷不過時，邊遞出卡片邊說〕我剛剛沒辦法出站。

■ トイレに行ってきたんですけど、出て（も）いいですか？

〔邊給對方看 IC 儲值卡邊說〕我剛去上了（站內的）廁所，現在可以出去嗎？

外 トイレ（原：トイレット）【toilet】廁所

■ スイカの履歴を見たいのですが、お願いできますか？

我想看一下 Suica 的出入站紀錄，可以麻煩你（列印出來）嗎？

■ 水を飲むところは<u>ありますか</u>？

替 どこですか（在哪裡）

〔在找飲水機時〕有喝水的地方嗎？

❀ 在車站窗口借洗手間時 ◎ MP3 **072**

Ａ：すみません、お手洗いはどこですか？

　　<ruby>替<rt></rt></ruby> を<ruby>探<rt>さが</rt></ruby>しているのですが…（正在找）

Ｂ：<ruby>電車<rt>でんしゃ</rt></ruby>に<ruby>乗<rt>の</rt></ruby>ります？※1

Ａ：いいえ。

Ｂ：<ruby>右側<rt>みぎがわ</rt></ruby>を<ruby>突<rt>つ</rt></ruby>き<ruby>当<rt>あ</rt></ruby>たったら、お<ruby>手洗<rt>てあら</rt></ruby>いがあります。

　　<ruby>後<rt>あと</rt></ruby>で<ruby>改札口<rt>かいさつぐち</rt></ruby>を<ruby>出<rt>で</rt></ruby>たら、これをお<ruby>渡<rt>わた</rt></ruby>しください。※2

Ａ：不好意思，洗手間在哪裡？

Ｂ：你要搭電車嗎？

Ａ：我沒有要搭。

Ｂ：〔進到車站裡面後〕右轉走到底就會看到洗手間了。等一下出剪票口的時候，
　　請您把這個交給站務員。

※1 此疑問句的句尾雖然省略了「か」，但是語調仍要上揚。

※2 在部分區域，站務員會給一張「<ruby>出場券<rt>しゅつじょうけん</rt></ruby>」，有了它就能不用買票而進到車站

　　裡上廁所。若單純使用車站裡的通道，則需購買「<ruby>入場券<rt>にゅうじょうけん</rt></ruby>」(月台票)。

 生活智慧王：日本獨有的電車禮儀

在日本搭電車時，雖然沒有明文禁止，但有兩件事情會被視為失禮行為，
而可能招致異樣眼光。

① 為了維護公共空間的寧靜，並避免電磁波影響年長者等的健康，請勿
　　在電車上用手機講電話，且應將手機調成振動模式。

② 請盡量避免在車廂內飲食，因為食物的味道也會影響到別人。

3-2 在診所

特訓開場白

人吃五穀雜糧，總是難免有身體不適的時候。留學生可以向學校詢問有關
學生健康保險（補助醫療費）的事宜，並了解一下醫療補助的申請流程。
每當看完病就得收好就診收據，日後就能帶到學校去「報帳」了喔！

❊ 打電話預約門診 ◎ MP3 073

A：もしもし、予約（よやく）をお願（ねが）いしたいんですが、<u>いい</u>ですか？

　　　　　　　　　　　　　　　　　　　　　　　　▲
　　　　　　　　　　　　　　　　　　　　　　　　替 大丈夫（だいじょうぶ）

B：すみません。今日（きょう）は大変込（たいへんこ）み合（あ）っております[※1] ので、明日（あす）[※2]
　　でもよろしいでしょうか？

A：はい、結構（けっこう）です。じゃあ、明日（あす）（の）１１時（じ）なら大丈夫（だいじょうぶ）ですか？

B：はい、大丈夫（だいじょうぶ）です。お名前（なまえ）は何（なん）とおっしゃいます[※3]か？

A：王小明（オウショウメイ）<u>です</u>。

　　　　　　▲
　　　　　　替 と申（もう）します（敬語：謙讓語）

B：王（オウ）は王様（おうさま）の王（オウ）でよろしいですか？

A：はい。

B：小明（ショウメイ）はどのように書きますか？

A：小（ショウ）は「ちいさい」で、明（メイ）は「あかるい」です。 ※4

B：分（わ）かりました。では、明日（あす）の１１時（じ）にお待（ま）ちしております。

A：よろしくお願（ねが）いします。

B：失礼（しつれい）します。 ※5

A：失礼（しつれい）します。

....

A：喂，我想要預約，現在方便嗎？

B：不好意思，今天的預約很滿，您明天方便嗎？

A：好，可以。那明天十一點的話行嗎？

B：好，沒問題。您貴姓大名？

A：我叫王小明。

B：王是國王的王嗎？

A：是的。

B：「小明」該怎麼寫呢？

A：小是「ちいさい」（的小），明是「あかるい」（的明）。

B：我明白了。那明天十一點等您過來。

A：麻煩你了。

B：再見。

A：再見。

※1「おります」是「います」的「丁寧語」（客氣說法）

※2「明日」一般唸成「あした」，若唸成「あす」則較正式。

※3「おっしゃいます」是「言（い）います」的敬語：尊敬語

※4 打電話前可先準備一下該如何用日文解釋自己的名字

※5「失礼（しつれい）します」是掛上電話前表示道別的正式說法

特訓 ③

A：初めての検診ですので、保険証をお預かりしますね。

B：はい。

A：お預かりします。こちらの問診票をお書きください。

B：はい。

A：お預かりします。お掛けになって、お待ちください。

A：因為您是第一次看診，所以要跟您收保險卡。

B：好的。

A：我收下了。請您填一下這張病歷表。

B：好的。

A：我收下了。請您坐下來稍等一下。

♥ **日行一善！** 電梯護衛篇 ｜ ◎ MP3 **075**

　　從電梯出來時，看到要進來的人大包小包的，為了讓對方能安全地進到電梯裡，擋不住台灣人的熱血，一股霸氣側身壓住電梯門，邊說：

■ **大丈夫でしょうか？** 你還好吧？

　　要從擁擠的電梯裡衝出重圍時，可以跟電梯裡的人說：

■ **すみません（、降ります）。** 不好意思，我要出去。

A：王小明さん、王小明さん、１番診察室に入ってください。

B：失礼します。こんにちは。

A：どうぞ、お座りください。

B：はい、失礼します^{※1}。

A：今日はどうされました^{※2}？

B１：お腹が痛いんです。

B２：日焼けで肌がひりひりします。

B３：ひざをすりむいちゃいました^{※3}。

B４：足をひねりました。

B５：最近、目が痒いです。

特
訓
③

A：〔廣播中〕王小明先生、王小明先生，請進一號診療室。

B：〔先敲兩下門〕我進來了。〔見到醫生後〕你好。

A：請坐。

B：好，不好意思。

A：今天您怎麼了？

B1：我肚子痛。

B2：我的皮膚被曬得很痛。

B3：我的膝蓋破皮了。

B4：我的腳扭到了。

B5：最近眼睛很癢。

※1 再整裡一下「失礼します」的多種用法：① 進屋時 ② 就座時 ③ 道別時

※2「されます→されました」是「する」的敬語：尊敬語

※3「ちゃいました」是「てしまいました」的口語説法

A：王小明さん、お待たせしました。
本日３０００円のお支払いですね。

B：はい。

A：３０００円ちょうどいただきます。お大事に、どうぞ※。

A：王小明先生，讓您久等了。今天收您 3000 日圓。

B：好的。

A：收您 3000 日圓整。請您保重。

※「お大事に、どうぞ」是「どうぞ、お大事に」的倒裝句

■ もしもし、今夜７時に予約している陽と申します。
予約を変更したいのですが、大丈夫ですか？

🔁 が、２０分ぐらい遅れそうなんです。（我可能會遲到二十分鐘左右）

喂，敝姓陽，今天晚上七點有預約。我想要更改一下預約（的時間），可以嗎？

■ もしもし、そちらに行きたいのですが、
今、北千住駅の東口にいます。どうやって行けばいいですか？

喂，我想過去您那邊，而現在人在北千住車站的東口，該怎麼走好呢？

■ もしもし、６時に予約している廖です。
そちらに向かっているんですけど、道が分かりません。

喂，我姓廖，約好了六點要看診。我現在正在過去您那邊的路上，但是不知道路該怎麼走。

生活智慧王：神祕禮物

如果醫生有開藥的話，在醫院付費後即可帶著處方箋及保險卡到藥局拿藥。若是第一次到該藥局，對方會請你填寫一張關於自己平時用藥的紀錄表。之後，藥劑師拿配好的藥及一大包的「神祕禮物」為病人解說。
「神祕禮物」包括記載每種藥的名稱、功效、服用方式等的「解說單」、「用藥手冊」（記錄著今天所拿的藥名，可作為下次就醫時的參考）、「連絡單」（在半夜或假日遇到緊急情況時，能連絡到藥劑師的電話）。最後再付藥品費就可以了。日本的藥局還真周到！

日行一善！ 傻人有傻福篇 ◎ MP3 **079**

看到趕來赴約的朋友被雨淋了一身濕時，擋不住台灣人的熱血，趕緊從包包裡掏出手帕關心對方：

A 風邪を引かないように、ハンカチ（を）、使いますか？
B 大丈夫ですよ、馬鹿は風邪を引かない※から。

A：別感冒了，要不要用手帕（擦一擦）？
B：沒關係啦！因為笨蛋是不會感冒的。
外 ハンカチ（原：ハンカチーフ）【handkerchief】手帕
※ 這整句話為倒裝句。在日本有一句「馬鹿は風邪を引かない」（笨蛋不感冒）的俗話。根據辭典的解釋，反應遲鈍的人、意指笨的人不會發現自己感冒了，因此有人會開玩笑自嘲是笨蛋，所以才不會感冒。

3-3　在郵局

在日本，儲蓄及保險業務下午四點就結束了；郵政業務則到五點。萬一碰到例假日也不用擔心，大家可以上網搜尋住處附近有沒有郵局特設的「**ゆうゆう窓口**」（「ゆうゆう」是取「郵」便、余「裕」、「YOU」的諧音，意指便民的郵政服務）。這是讓我們 24 小時都能寄送或領取信件的便利窗口喔！

會話實況 LIVE

❋ 寄郵件　◎ MP3 **080**

A：いらっしゃいませ。

　　替 どうぞ（這邊請）

B：手紙を３通※1、お願いします。

　　替 葉書※2を３枚（三張明信片）

A：ありがとうございます。普通郵便でよろしいですか？

　　替 お預かりします（我收下了）

B：はい。

Ａ：４２０円お願いします。

～給對方 500 日圓硬幣～

Ａ：８０円のお返しです。お待たせしました。

　　こちら（は）、レシートです。ありがとうございます。

Ａ：歡迎光臨。

Ｂ：這三封信，麻煩你了。

Ａ：謝謝您。都是寄普通郵件就可以了嗎？

Ｂ：是的。

Ａ：一共是 420 日圓。

～給對方 500 日圓硬幣～

Ａ：找您 80 日圓。讓您久等了。這是您的收據。謝謝您。

外 レシート【receipt】收據；發票

※ 1「通」是「信件」的單位

※ 2 在日本，每逢 12 月許多人都有寄

　　「年賀状」/「年賀ハガキ」（賀年明

　　信片) 的習慣，不僅能問候親友，還

　　能參加日本郵政所舉辦的抽獎！

A：<u>ゆうパック</u>[※1] で送（おく）りたいのですが…

　📻 ゆうメール【mail】若單寄書籍或光碟，可使用這種比「ゆうパック」
　　　　更便宜的郵寄方式。

B：どれにしますか？

A：小（ちい）さいの[※2] でお願（ねが）いします。

A：我想要用「ゆうパック」寄東西。

B：您要選哪一個呢？

A：我要小的。

※1「ゆうパック」：郵便（ゆうびん）＋パック【pack】，類似台灣郵局的「便利箱」。

※2「の」是「形式名詞」，代替前面出現過的「ゆうパック」。

※3 寄小包裹回台灣的時候，對方會請我們填一張「関税告知書（かんぜいこくちしょ）」（海關申報書）。

A：すみません。お待（ま）たせしました。お伺（うかが）いします。

B：これ、ＥＭＳ[※]で台湾（たいわん）に送（おく）りたいのですが…

A：ＥＭＳ？台湾（たいわん）？書（か）いてもらっていいですか？

B：はい。

A：送（おく）ったことはありますか？

B：はい、あります。

A：こちらに書（か）いていただいて、また持（も）ってきてください。

～５分鐘後～

A：できましたか？

B：はい、お願^{ねが}いします。

A：これだけですか？危険物^{きけんぶつ}は入^{はい}っていないですね。

B：はい。

A：中^{なか}は何^{なん}ですか？

B：本^{ほん}です。

A：かしこまりました。

....

A：不好意思，讓你久等了。我來為您服務。

B：這個我想用 EMS 寄到台灣去。

A：EMS ？台灣？可以請你填一下（表格）嗎？

B：好的。

A：你以前寄過嗎？

B：嗯，有寄過。

A：請您填完這張單子後再拿過來。

～５分鐘後～

A：填好了嗎？

B：嗯，麻煩你了。

A：只有這個嗎？裡面沒有危險物品吧？

B：對。

A：裡面是什麼東西？

B：書。

A：我知道了。

※ EMS = International Express Mail Service，國際快捷。

■ **もしもし、不在票が入っていたので、お電話しました。**

喂，（直譯：通知單進來了）我收到了通知單，所以打電話過來。

※ お＋サ行変格活用動詞詞幹＋します→しました＝敬語：謙讓語

■ **もしもし、不在票が届いていたんですが…**

喂，（直譯：通知單寄到了）我收到了通知單。

■ **今夜、再配達してもらえますか？**

今天晚上可以請你再幫我送過來嗎？

■ **明日の７時から９時の間でも大丈夫ですか？**

替 平気

明天七點到九點之間也可以嗎？

■ **お願いします。失礼します。**

麻煩你了。再見。

■ **すみません、これ、お願いできますか？**

不好意思，〔遞出要寄的信函〕這個可以麻煩你嗎？

■ **すみません、この手紙を土曜日の午前中（に）必着**

にしたいんですけど、オススメは（何かありますか）？

替 でお願いしたいん

不好意思，這封信我必須星期六中午前寄到，您（有沒有什麼）建議呢？

■ これ、<ruby>着払<rt>ちゃくばら</rt></ruby>いでお<ruby>願<rt>ねが</rt></ruby>いしたいのですが…

🔁 <ruby>速達<rt>そくたつ</rt></ruby>（限時專送）／<ruby>書留<rt>かきとめ</rt></ruby>（掛號）／<ruby>速達書留<rt>そくたつかきとめ</rt></ruby>（限時掛號）／

　　EMS（國際快捷）／<ruby>船便<rt>ふなびん</rt></ruby>※（海運）／<ruby>航空便<rt>こうくうびん</rt></ruby>（空運）

🔁 エアメール【air mail】

這個我想要寄「代收貨價」（請對方支付郵資）。

※「船便」的假名是「ふなびん」，而不是「ふねびん」喔！

■ この<ruby>荷物<rt>にもつ</rt></ruby>はゆうパックに<ruby>入<rt>はい</rt></ruby>ります※か？

這個東西能裝得進「ゆうパック」嗎？

※ 雖然中文翻譯是「能裝得進」，但是「<ruby>入<rt>はい</rt></ruby>ります」不需要變成「可能形」。

　可能形「<ruby>入<rt>はい</rt></ruby>れます」是用在何時呢？例如，看到眼前的電梯裡滿滿都是人，

　你可以問：

　「すみません、<ruby>入<rt>はい</rt></ruby>れますか？」（不好意思，我進得去嗎？）

■ <ruby>領収書<rt>りょうしゅうしょ</rt></ruby>は<ruby>別々<rt>べつべつ</rt></ruby>にしてください。

〔寄送多份郵件時〕收據請各別開給我。

■ <ruby>領収書<rt>りょうしゅうしょ</rt></ruby>は<ruby>一緒<rt>いっしょ</rt></ruby>でいいです。

收據開一張給我就好。

生活智慧王：哪裡不一樣？

「レシート」和「<ruby>領収書<rt>りょうしゅうしょ</rt></ruby>」有何不同呢？「レシート」【receipt】像是「簡單的購買憑證」；「領収書」則較正式，就像需加蓋店章之類的「收據」。不過，有些地方「レシート」和「領収書」是一樣的。

會話實況 LIVE

❋ 寄宅急便　◎ MP3 **085**

A：すみません、これを[※]送りたいのですが…

B：これに[※]ご記入をお願いします。

A：書き終わりました。

A：不好意思，我想要寄這個東西。

B：請您填這張單子。

A：我寫好了。

※ 這裡的「を」表示動作對象，「に」表示方向終點。

🐝 生活智慧王：平假名的魔力

有塊告示牌上寫著「埼玉県」及「さいたま市」……不對，有問題！
「埼玉」的假名就是「さいたま」，為什麼一個用假名、一個用漢字呈現
呢？根據市公所表示，「さいたま」一詞曾出現於「続日本紀」與「万葉
集」等文學作品中，因此帶有悠久的歷史及傳統，故十分適合定為市名。
另一方面，平假名給人一種溫和柔順的印象，正好能和用漢字標示的「埼
玉県」區別。原來「平假名」的作用在這裡啊！

■ 荷物はいつごろ向こうに届きますか？

替 あっち（あそこ的口語說法）

東西大概什麼時候會寄到對方那邊呢？

■ この荷物の中に壊れやすいものが入っているので、
気を付けてください。

這個東西裡面裝有易碎物，所以請你小心（搬運）。

❀ **在百貨公司等詢問有無宅配服務時** ◎ MP3 **087**

■ これを郵送したいのですが、できますか？

這個我想郵寄，可以嗎？

■ これ（を）、自宅へ配送してもらえますか？

這個可以幫我宅配嗎？

■ これも一緒に送ってくれませんか？

替 入れて（放進去）

這個也一起幫我寄過去好嗎？

🐝 生活智慧王：再配送服務

在網路上購物時，賣方經常利用「**宅急便**」寄送商品。如果收件者不在家，宅急便會留下一張「**ご不在連絡票**」，以便打電話直接連絡送貨司機，或是上網預約下次送件的時段。當送貨員完成任務要離開前，我們可以說聲：「**お世話様です**」，以感謝對方配送物品所付出的辛勞。

　　在台灣送手帕代表「淚流滿面」，送扇子代表「一拍兩散」，皆為不宜送人的東西。不過在日本因為沒有這些忌諱，所以兩者都是常見的贈禮。當我們將台灣的特產，如茶葉或點心等，分送給平時照顧我們的日本友人，以聊表感激之意時，可使用以下說法：

【對長輩】

これは台湾のパイナップルケーキです。

台湾で有名な食べ物なので、<u>どうぞお召し上がりください</u>※。

替 是非、召し上がってください

【對同輩或晚輩】

これ、台湾のパイナップルケーキ。特産だから美味しいよ。

食べてみて。

- -

【對長輩】

　這是台灣的鳳梨酥，在台灣是非常有名的糕餅，所以請您嚐嚐。

【對同輩或晚輩】

　這是台灣的鳳梨酥，因為是特產，很好吃喔！你嚐嚐看。

外 パイナップルケーキ【Pineapple Cake】鳳梨酥

※ 在「お召し上がりください」裡我們可以發現敬語句型（表尊敬）：

　「お＋動詞ます形＋ください」。但放在中間的動詞居然是吃或喝的

　尊敬語：「召し上がる」，這樣一來就變成了「二重敬語」。不過，

　這樣的說法已經普遍被大家接受，所以現在已經見怪不怪了。

3-4 在校園

特訓開場白

對老師使用「**敬語**（けいご）」是最有禮貌的。如果「**尊敬語**（そんけいご）」或「**謙讓語**（けんじょうご）」還掌握得不好的話，只使用一般「**丁寧語**（ていねいご）」中「です・ます」型的客氣說法也沒問題。今後讓我們再慢慢升級到「敬語」的說法吧！

※ **在教室裡** ◎ MP3 **089**

■ **すみません、遅刻（ちこく）しました。**

　　　　　　▲ 替 遅（おく）れました

　不好意思，我遲到了。

■ **電車（でんしゃ）が遅（おく）れました。**

　〔遞給老師電車的誤點證明單時〕電車誤點了。

■ **ちょっと聞（き）いてもいいですか？**

　我可以問個問題嗎？

■ **ここがちょっと分（わ）からないんですが…**

　這個地方我有點不懂。

■ **すみません、トイレに行（い）ってもいいですか？**

　不好意思，我可以去一下廁所嗎？

■ 先生、私も出席しています。

〔當老師點名沒點到自己時〕老師，我也來上課了。

※1 一般學生碰到這種情形，有時會脫口而出：「老師，你沒點到我」，但這樣會給老師一種興師問罪的感覺，所以建議使用上述的婉轉說法。

※2 有時候上課時老師或老師的 TA（Teaching Assistant，教學助理）會發給同學們「出席カード」（點名單）。填完交出時可以說聲：「お願いします」（麻煩你了）。

■ 先生、ありがとうございます※。お疲れ様でした。

　　　　　　　　　替 ました※

〔上完課離開教室時〕老師，謝謝您。上課辛苦了。

※ 主題句是現在式，用於每週見到同位老師時，所以這份感謝的心意是種「恆常的習慣」；替換句是過去式，用於某堂課都由不同老師擔綱的時候。因為可能沒機會再與該位老師見面，所以使用過去式感謝老師這堂課的教誨。

✳ 在辦公室 ◎ MP3 090

■ 学生証を忘れました。

〔考試前發現沒帶學生證而去申請臨時證時〕我忘了帶學生證。

■ 学生証を失くしてしまったので、再発行（を）お願いします。

　　　　　　　　　　　　　　　　　替 してください（請你）

我把學生證弄丟了，麻煩您幫我補發。

■ 通学証明書を作ってもらいたいんですけど…

（直譯：想請你幫我辦一張在學證明）我想申請一張在學證明。

■ **スキャナーを使いたいのですが…**

　　　　替 はどこにありますか？（放在哪裡）

我想使用掃描器。

　外 スキャナー【scanner】掃描器

■ **これの使い方※を教えてください。**

請教我這台機器的用法。

　※ 動詞ます形＋方＝～法

■ **プリンターが壊れているみたいです。**

列表機好像壞掉了。

　外 プリンター【printer】列表機

※ **在圖書館的借／還書櫃台** ◎ MP3 **092**

A：おはようございます。一冊分でしょうか？

　　　替 貸し出しでいいですか（要借書吧）

　　　替 返却（還書）

B：はい。

A：お預かりします。お返しします。
　3月12日までに※お返しください。

A：早安。只有一本是吧？

B：是的。

A：收您（學生證），還給您。請您在 3 月 12 日前歸還。

※「～までに～」是指在某個時間『之前』做某個動作；「～まで～」是指在某段
　時間『之內』持續做某個動作。例如：「５月まで待って（い）てくださいね」
　（要等到五月喔！）

你還可以這麼說 ◎ MP3 **093**

■ **すみません、まだ返していない本はありますか？**

不好意思，我還有沒還清的書嗎？

■ **欲しい本が文京キャンパスにあるので、取り寄せてもらえません**

か？ 替 其他校區名

我有本想借的書在文京校區裡，可以麻煩你幫我調過來嗎？

外 キャンパス【campus】校園；校區

■ **この本を引き続き借りたいのですが、よろしいですか？**

這本書我想續借，可以嗎？

■ **コピーカードをお借りできますか？**

替 買いたいのですが…（想買）

我可以借用一下影印卡嗎？

外 コピーカード【copy card】影印卡

■ **本の取り寄せのメールをもらったのですが…**

我收到請我過來取書的電子郵件了。

日行一善! 情人節快樂篇 | ◎ MP3 **094**

在日本每到 2 月 14 日情人節時，幸福的感覺就來了！這天是女生送給心儀的男生巧克力、大方表白的絕佳時機。

女：今日、バレンタインだから、チョコ（を）<u>あげる</u>。

　　　　　　　　　　　　　　　　　　▲ 替 食べて（給你吃）

男：ありがとう。開けてもいい？

女：いいよ。

男：お、美味しそう。

女：今天是情人節，送你巧克力。

男：謝謝。我可以打開嗎？

女：可以啊！

男：喔，看起來好好吃。

外 バレンタイン【Valentine】情人節

外 チョコ（原：チョコレート）【chocolate】巧克力

※ 因為彼此為同輩，所以使用常體。

同時女生也會廣發「義理チョコ」（人情巧克力）給職場上的男同事，或是分送「友チョコ」（友誼巧克力）給一般的男性友人，即代表「人人有獎」的意思，並藉此機會感謝對方平日對自己的照顧。

特
訓
③

女：持田さん、これ良かったら、どうぞ。
もちだ　　　　　　　よ

男：<u>本当</u>？ありがとう。
ほんとう

　🔄 いいの（可以嗎）

女：持田先生，這個不介意的話，請（收下）。

男：真的嗎？謝啦！

而過了一個月，到了 3 月 14 日白色情人節（ホワイトデー，和 white ＋ day），則輪到收過禮的男生回贈禮物給女生，以展現自己的紳士風度。

男：この間のバレンタインのお返し。
　　あいだ　　　　　　　　　　かえ

女：ありがとう。見ていい？
　　　　　　　　　み

男：いいよ。

女：嬉しい。
　　うれ

男：〔拿出禮物〕前陣子情人節（禮物）的回禮。

女：謝謝。我可以（打開）看看嗎？

男：可以啊！

女：我好開心。

會話實況 LIVE

❋ 買書　◎ MP3 **097**

A：お願いします。

B：<u>少々お待ちください</u>。

　　替 はい、かしこまりました（好的，我知道了）

B：こちらの本で間違いないですか？

A：確認してもいいですか？

B：はい、どうぞ。

A：【肯定】揃っています。ありがとうございます。

　　【否定】<u>初級日本語</u>がありません。

　　　　替 其他書名

A：合計はいくらですか？

B：５６００円です。

A：麻煩你了。

B：請稍待片刻。

B：是這些書沒錯吧？

A：我可以確認一下嗎？

B：好，請。

A：【肯定】都齊了，謝謝你。【否定】我少了《初級日本語》。

A：一共是多少錢？

B：5600 日圓。

特訓③

❊ 訂書　◎ MP3 **098**

A：すみません、この本を取り寄せることが[※]できますか？

替 は[※]

B：はい、お取り寄せできます。

A：不好意思，這本書可以訂購嗎？

B：可以，我們可以（幫您）訂。

※ 主題句用於一到了訂書櫃台，劈頭就詢問對方時。由於「この本を取り寄せる
こと」對聽話者來說是未知的新訊息，因此必須使用表示「未知・新情報」的
副助詞「が」；替換句用於在訂書櫃台，即使對方查了庫存還是沒有書的時候。
因爲無論對說話者或聽話者而言，「この本を取り寄せること」這件事是已知
的舊訊息，所以必須使用表示「既知・旧情報」的格助詞「は」。

生活智慧王：大學行事曆

日本大學一堂課共 90 分鐘，每學期上課 15 週。一般都是四月入學，但
是也有學校九月入學。整學年的行事曆約略如下：

4～4月底	上學期	9～12月底	下學期
4月底～5月初	黃金週假期	12月底～1月底	放寒假
5月初～7月	上學期	1～2月	下學期
8～9月	放暑假	2～3月	放春假

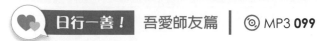
【師長篇】

看到前陣子生病的老師，向前噓寒問暖：

> **A** 体調はいかがですか？
>
> **B** お陰様で、（風邪が）治りました。ご心配をお掛けしました。
>
> ---
>
> A：您身體還好嗎？
>
> B：託您的福，（感冒）已經好了。讓您擔心了。

【同學篇】

發現同學的鉛筆盒快要從桌上掉下去時，馬上提醒對方：

> ■ 筆箱が落ちそうですよ。
>
> 你的鉛筆盒快掉下去了喔！

發現同學的包包開了時，馬上詢問對方：

> ■ 後ろのところ、半分開いていますけど、閉めましょうか？
>
> 你後面那邊開了一半，我幫你拉上吧，好嗎？

以上兩句的回應都是：「ありがとうございます」（謝謝你）。

3-5 在餐廳

特訓開場白

在日本的拉麵或牛丼店經常可見餐券販售機,取代了服務生「點餐」及「結帳」的工作,先選擇內用或外帶,再挑選餐點,既簡單又方便。

❀ 在拉麵或牛丼店 ◎ MP3 **100**

■ **すみません。**

〔服務生沒注意到自己遞出餐券時〕不好意思。

■ **これ、お願(ねが)いします。**

〔遞出餐券時〕這個麻煩你了。

■ **すみません、つゆだく※でお願(ねが)いします。**

〔想在牛丼上多淋一點湯汁時〕不好意思,我要多一點湯汁。

※「つゆだく」一詞本來只用於牛丼店的店員之間,但現在已被廣泛使用了。

■ <u>追加(ついか)でサラダ</u>をお願(ねが)いします。

替 サラダの追加(ついか) 替 ください

我要加點沙拉。

外 サラダ【法 salad】沙拉

■ <u>持ち帰り（をお願いし）</u>たいのですが…

替 テイクアウトでお願いします。【take-out】

我想要外帶。

■ **すみません、替玉（を）ください。**

▲
替 一つ（ください）（一份）

不好意思，我要加麵。

※ 進店後要睜大眼睛看看店內是否有張貼「大盛りサービス」（加大不加價）、

「替玉無料」（免費加麵但不加湯）的告示喔！「替玉」可指「多加的麵」外，

還有一個意想不到的意思，即冒名頂替的「槍手」。

■ **替玉（を）<u>硬め</u>でお願いします。**

▲
替 柔らかめ（軟一點）

麻煩你我要加麵，麵要硬一點。

■ **これを味噌汁に変えてもらえますか？**

這個可以幫我換成味噌湯嗎？

■ **これを味噌汁に変えてもらいたいのですが、<u>無料で交換できますか</u>？**

▲
替 交換するのは無料ですか

這個我想要換成味噌湯，可以免費互換嗎？

生活智慧王：拉麵一碗

在拉麵店點完餐之後，店員一個轉身，用洪亮的聲音向廚房喊了一聲：
「ラーメン、一丁」（拉麵一碗）怪了！為什麼是「一丁」呢？「一丁」
是指一人份的料理，其中「丁」這個字本來就有「興盛」的意思，而為了
增加氣勢並炒熱店裡的氣氛，所以產生了「一丁」這樣的說法。

■ ご馳走様です。
　　　　ち　そうさま

　　　　　替 でした

〔離開店家時〕我吃飽了。

※1 在咖啡店等將餐盤送到回收櫃時，也可以跟回收櫃內的店員說這句話，表
　　示「我喝完了」。

※2 常會聽到省略「です・でした」的說法，但這樣會有失禮貌。

A：こんばんは。

B：これをください。

A：こちらで召し上がります※か？
　　　　　め　あ

B：【肯定】はい。

　　【否定】いえ、持ち帰りです。
　　　　　　　　　　も　かえ

A：你好。

B：我要這個。

A：您要在店內吃嗎？

B：【肯定】是的。

　　【否定】不是，我要帶走。

※「召し上がります」是「食べる」（吃）和「飲む」（喝）的敬語：尊敬語
　　　め　あ　　　　　　　　　　　た　　　　　　　　　　　の

A：単品で、チーズバーガーをください。
▲
替 持ち帰り（外帶）

B：以上でよろしいですか？

A：はい。

B：お会計は１２０円です※。
▲
替 でございます※

A：１０００円でお願いします。
▲
替 ちょっと待ってください。
　　小銭があるか（どうか）確認します。（請等一下。我看有沒有零錢。）
　　　　　　　　　　　　　　　　　　　　　▲
　　　　　　　　　　　　　　　　　　　　　替 てみます（找看看）

....

A：我要單點一個起司漢堡。

B：這樣就好了嗎？

A：對。

B：一共是 120 日圓。

A：1000 日圓，麻煩你了。

外 チーズバーガー【cheese burger】起司漢堡

※ 除了上述的「です・でございます」以外，也常聽到「～になります」的說法。
　但有學者表示，這樣的說法稱為「ファミコン敬語」（「ファミレス」（家庭式
　餐廳）和「コンビニ」（便利商店）等打工族的敬語，也稱「バイト敬語」），
　屬於「業界用語」，在服務業常聽得到，但是並未普及到日常生活中。雖然有
　「敬語」的味道，但仍流露出學生般不成熟的稚氣，因此不適合使用於正式的
　商務會話場合。

■ 今夜 7 時に 4 人、予約をお願いします。

　　　　　　替 の

麻煩您幫我訂今天晚上七點、四個人的位子。

■ 個室がいいんですが…※

我想要包廂。

※ 完整說法：「個室がいいんですが、ありますか？」（我想要包廂，有嗎？）

■ ランチの予約をしたいのですが…

替 予約のキャンセル【cancel】取消訂位

我想訂午餐（的位子）。

外 ランチ【lunch】午餐

■ もしもし、予約の変更をしたいのですが…

喂，我想改一下之前的訂位。

■ 5 人ではなくて、一人（が）増えて 6 人になりました。

　　　　　　　　　　　　替 でお願いします（麻煩你）

不是五個人，多了一個人，變成六個人。

■ 今日、7 時から 8 人で予約した王ですが、二人（が）増えて、

10 人になります。大丈夫ですか？

我是今天七點訂八個人位子的那個王先生 / 小姐，我們多了兩個人，變成十個人。有沒有問題呢？

124

■ **セットドリンクバーの<ruby>変更<rt>へんこう</rt></ruby>でお<ruby>願<rt>ねが</rt></ruby>いします。**

我想改成附飲料吧的（餐點）組合。

外 セット【set】組合

外 ドリンクバー【和 drink ＋ bar】飲料吧

■ **ケーキセットで、チーズケーキと<ruby>紅茶<rt>こうちゃ</rt></ruby>のSをください。**

替 <ruby>持<rt>も</rt></ruby>ち<ruby>帰<rt>かえ</rt></ruby>り（外帶）

　　替 テイクアウト【take-out】

我要點蛋糕和飲料的套餐組合，請給我起司蛋糕和小杯紅茶。

外 ケーキセット【cake set】蛋糕和飲料的套餐組合

外 チーズケーキ【cheese cake】起司蛋糕

■ **マドラーをもらえませんか？**

替 ストロー【straw】吸管

替 <ruby>灰皿<rt>はいざら</rt></ruby>（菸灰缸）　　替 お<ruby>水<rt>みず</rt></ruby>＝おひや（冰水）

替 <ruby>氷<rt>こおり</rt></ruby>なしの<ruby>水<rt>みず</rt></ruby>（去冰的水）

　　替 ぬき

可以給我（咖啡的）攪拌棒嗎？

外 マドラー【muddler】攪拌棒

※ 一般餐廳都是提供「冰水」或「熱茶」

■ 待まち時じ間かんは、<u>どのぐらい</u>ですか？

　　　替 どれくらい

〔在門口排隊時〕要等多久才能進去呢？

■ これとこれを<u>ください</u>。

　　　替 お願ねが</span いします（麻煩你給我）

〔手指菜單〕請給我這個和這個。

■ 味み噌そラーメン（一ひとつ）<u>に</u>※チャーハン一ひとつです。

　　　替 と

味噌拉麵（一碗）和炒飯一份。

※ 這裡的「に」表示同性質物品的累加。

■ これを下さげてください。

這個請幫我收走。

■ お通とおしなしでもいいですか？

可以不要下酒小菜嗎？

※ 在一般的居酒屋，即便我們只有點飲料，「お通とおし」（需付費的下酒小菜）
　　仍會一起送上來。因此，若不想多花錢，不妨事先確認是否可以不要。

■ 一いちにんまえ人前※の量りょうって（だいたい）どのぐらいですか？

　　▲ 一いちにんまえ人前
　　替 一人前ってどのくらいの量りょうなんですか

一人份的量（大概）有多少？

※「一人前」的假名為「いちにんまえ」，而不是「ひとりまえ」。

■ **すみません、前掛け※をください。**

替 はありますか？（有嗎）

〔享用會噴汁的餐點時〕不好意思，請給我紙圍巾。

※「前掛け」指的是用餐時的「紙圍巾」或小朋友用的「圍兜兜」。

■ **これは注文していないです。**

這個我剛才沒有點。

■ **お湯を追加してください。**

替 お願いします

〔指著茶壺〕請幫我回沖。

■ **コンセントを使ってもいいですか？**

我可以使用插座嗎？

外 コンセント【和 concentric ＋ plug】插座

■ **友達に紹介したいので、名刺（は）、ありますか？**

我想跟朋友介紹（你們這家店），（這裡）有名片嗎？

生活智慧王：謝謝惠顧

在拉麵店會聽見店員向正要離開的客人說：「**毎度です**」，其實就是指「毎度ありがとうございます」（謝謝您每次的惠顧）。而「毎度」這個字也很有學問喔！根據「全国大阪弁普及協会」表示，生意人彼此用「毎度」打招呼，意味著「毎度お世話になっております」（每次都受您照顧了），是如同「こんにちは」般的寒喧用語。

會話實況
LIVE

❋ 在燒烤店

1 ◎ MP3 **106**

A：<ruby>何<rt>なに</rt></ruby>にしますか？

> 替 がいいですか（點什麼好呢）

> 替 を<ruby>食<rt>た</rt></ruby>べますか（要吃什麼呢）

B：ロース、カルビ、ホルモン、あと<ruby>牛<rt>ぎゅう</rt></ruby>タンです。

- -

A：要點些什麼呢？

B：里肌肉、五花肉、大腸，還有牛舌。

外「ロース」從【roast】（烤肉）轉化而來

外「カルビ」從朝鮮語轉化而來

外「ホルモン」從【德 Hormon】轉化而來，也可指荷爾蒙。

外「タン」從【tongue】（舌頭）轉化而來

2 ◎ MP3 **107**

A：<ruby>僕<rt>ぼく</rt></ruby>^{※1}がやりましょうか？

> 替 <ruby>焼<rt>や</rt></ruby>き（烤）

B：<ruby>大丈夫<rt>だいじょうぶ</rt></ruby>ですよ、<ruby>私<rt>わたし</rt></ruby>もやりますから。^{※2}

- -

A：我來弄吧，好嗎？

B：不要緊的！我也來烤。

※1「<ruby>僕<rt>ぼく</rt></ruby>」為男性客氣的自稱　※2 此為倒裝句

3 MP3 **108**

A：<ruby>食<rt>た</rt></ruby>べてください。

　　替 どうぞ（請）

B：すみません。

　　替 どうも（謝啦）

- -

A：給你吃。

B：不好意思。

4 MP3 **109**

A：まだ<ruby>食<rt>た</rt></ruby>べられますか？

B：【肯定】じゃあ、<ruby>何<rt>なに</rt></ruby>にしますか？

　　　【否定】もう<ruby>食<rt>た</rt></ruby>べられません。

　　　　　替 いいです（夠了）

- -

A：你還吃得下嗎？

B：【肯定】那要點什麼呢？

　　【否定】我已經吃不下了。

> **生活智慧王：最後一口**
>
> 之前與日本朋友吃飯時，發現桌上盤裡的菜，剩下最後一口都沒有人動。一問之下才知道，這是日本的文化之一。大家都客氣地禮讓對方，所以剩了下來，而那剩下來的最後一口稱為「**遠慮<rt>えんりょ</rt>のかたまり**」（大阪方言）。

■ **どうぞ、見てください。**

替 お先に（您先）

（菜單）你看看。

■ **いいですよ、ゆっくりで。**

沒關係喔！你慢慢看。

※ 此為倒裝句

■ **岡井さん、好き嫌いはありますか？**

替 何が好きですか（喜歡吃什麼）

替 駄目（不敢吃）

岡井先生／小姐，你喜歡吃什麼？或是有什麼不吃的？

■ **いいにおいですね。**

替 いい香り／香ばしい

好香啊！

■ **もう食べられそうかな？**

〔確認肉是否烤熟時〕好像已經可以吃了吧？

 生活智慧王：烤肉小禁忌

當日本朋友將烤好的肉夾給自己的時候，曾經用筷子去接而出了大糗。在日本使用筷子也是十分講究禮儀的，像這種「**箸渡し**」（筷子碰筷子）的動作，會讓人聯想到葬禮中的「撿骨入甕」而有所忌諱，所以還是用餐盤或碗去接肉比較好。

❋ 日文解碼

	（日文假名）	（中文意思）
① 精算	_____	_____
② 船便	_____	_____
③ 切符	_____	_____
④ 個室	_____	_____
⑤ 一人前	_____	_____

❋ 關鍵助詞

① 心斎橋駅（　　）（　　）歩いてどのぐらいかかりますか？

② 日焼け（　　）肌（　　）ひりひりします。

③ これ、着払い（　　）お願いしたいのですが…

④ 筆箱（　　）落ちそうですよ。

⑤ 追加（　　）サラダ（　　）お願いします。

特訓③

（請依左方的中文提示，填入適當的搭配詞語。）

① 剛卡在剪票口　　改札口（かいさつぐち）＿＿＿＿＿＿＿＿＿＿＿＿＿＿＿＿

② 電車有誤點嗎　　電車（でんしゃ）＿＿＿＿＿＿＿＿＿＿＿＿＿＿＿＿＿＿

③ 您貴姓大名　　　お名前（なまえ）＿＿＿＿＿＿＿＿＿＿＿＿＿＿＿＿＿＿

④ 我扭到腳了　　　足（あし）＿＿＿＿＿＿＿＿＿＿＿＿＿＿＿＿＿＿＿＿＿

⑤ 可以使用插座嗎　コンセント＿＿＿＿＿＿＿＿＿＿＿＿＿＿＿＿＿＿＿＿＿

（請依左方的中文提示，寫出適當的日文句子。）

① 想問人洗手間在哪裡時　　　＿＿＿＿＿＿＿＿＿＿＿＿＿＿＿＿＿＿＿

② 掛電話時較正式的說法是　　＿＿＿＿＿＿＿＿＿＿＿＿＿＿＿＿＿＿＿

③ 請對方收據分別開時　　　　＿＿＿＿＿＿＿＿＿＿＿＿＿＿＿＿＿＿＿

④ 上課中想問老師問題時　　　＿＿＿＿＿＿＿＿＿＿＿＿＿＿＿＿＿＿＿

⑤ 在拉麵店裡遞出餐券時　　　＿＿＿＿＿＿＿＿＿＿＿＿＿＿＿＿＿＿＿

特訓 4

融入日本新生活

特訓暖身操

✳ 字彙預習

① **財布**（さいふ）	⓪ 錢包	② **パーマ**	① 燙髮
③ **芸能人**（げいのうじん）	③ 藝人	④ **アルバイト**	③ 打工
⑤ **滞在**（たいざい）	⓪ 停留；旅居	⑥ **レポート**	② 報告
⑦ **混雑**（こんざつ）	① 人多混亂；擁擠	⑧ **小銭**（こぜに）	⓪ 零錢
⑨ **二次会**（にじかい）	② ⓪ 續攤	⑩ **ウーロン茶**（ちゃ）	③ 烏龍茶

✳ 句型預習

① **〜をお願（ねが）いします。** 麻煩你，我要〜。

　　例 カットとシャンプーをお願（ねが）いします。麻煩你，我要剪髮和洗頭。

② **動詞た形＋り、動詞た形＋りします。**〔表舉例〕有時〜有時〜／又〜又〜。

　　例 買（か）い物（もの）をしたり、音楽（おんがく）を聴（き）いたりしています。

　　　我有時買買東西，有時聽聽音樂。

③ **〜まで〜。** 在〜之前持續某個動作。

　　例 呼（よ）ばれるまで店内（てんない）でお待（ま）ちください。

　　　在被叫到之前，請您在店裡稍等。

④ **AとBととちらが〜ですか？** A 和 B 哪一個〜呢？

　　例 喫煙席（きつえんせき）と禁煙席（きんえんせき）ととちらがいいですか？

　　　吸菸區和禁菸區哪一個好呢？

134

4-1 變換髮型

（特訓開場白）

有些髮廊的門口會貼有類似「カットモデル募集中！無料」（髮型模特兒招募中！免費）的廣告，徵求願意當設計師剪髮的練習對象。如果有興趣的話，只要說一聲：「すみません、カットモデルの募集の広告を見たのですが…」（不好意思，我看到了徵求髮型模特兒的廣告。）你就有機會不花錢剪髮了喔！

✳ 電話預約　◎ MP3 **111**

A：ＡＢＣ池袋店です。

B：<u>カット</u>お願いしたいのですが…

　　替 パーマ（原：パーマネントウエーブ）【permanent wave】燙髮

A：担当のご希望はございますか？

B1：特にないです。

B2：三浦さん<u>を</u>お願いします。

　　　替 で

A：いつ頃のご来店をご希望ですか？

B：明日午後３時以降でお願いできますか？

A：はい、大丈夫です。

B：<u>カットにシャンプーが付きますか</u>？

替 カットはシャンプー付きですか

A：シャンプーは別料金がかかります。

B：分かりました。

A：明日の３時からカットでお待ちしております。

B：よろしくお願いします。

A：失礼します。

....

A：ABC 池袋店您好。

B：我想要剪頭髮。

A：您有指定的設計師嗎？

B1：（我）沒有特別的指定。

B2：我想麻煩三浦先生。

A：您大概要什麼時候過來呢？

B：明天下午三點以後可以嗎？

A：好的，沒問題。

B：剪髮有包含洗頭嗎？

A：洗頭要另外收費。

B：我知道了。

A：明天三點等您過來剪髮。

B：麻煩你了。

A：再見。

外 カット【cut】剪髮

外 シャンプー【shampoo】洗髮

A：担当の沖島は６時以降ですと※ 空いておりますが、
　　その時間はいかがでしょうか？

B１：はい、お願いします。

B２：その時間はちょっと難しいです。

A：負責的沖島六點以後才會有空，那個時間您覺得怎麼樣？

B1：好的，麻煩你了。

B2：那個時間有點不方便。

※ 原則上都是「名詞だ／動詞原形＋接續助詞と」，不過店家爲了表示禮貌，所以用了「…ですと…」的形式，當然視情況也會使用「…ますと…」。

A：いらっしゃいませ。ご予約はしてありますか？

B：はい、７時からカットの予約をしているのですが…

A：お名前を頂戴※してもよろしいですか？

B：米山です。

A：少々お待ちください。

特訓
④

A：歡迎光臨。您有預約嗎？

B：有，我約了七點剪髮。

A：可以告訴我您的大名嗎？

B：我是米山。

A：請稍等一下。

※「頂戴する」是「吃／得到」這兩種動作較謙遜的說法

Ａ：カットをご希望^{きぼう}ですか？

Ｂ：はい。カットとシャンプー（を）お願^{ねが}いします。

Ａ：そちらの椅子^{いす}にお掛^かけください。

Ａ：您要剪髮嗎？

Ｂ：是的，我要剪髮和洗頭。

Ａ：那邊的椅子請坐。

Ａ：本日^{ほんじつ}カットの担当^{たんとう}をさせていただきます^{※1}川崎^{かわさき}です。

Ｂ：よろしくお願^{ねが}いします。

Ａ：今日^{きょう}はどういう<u>ふうな髪型^{かみがた}を希望^{きぼう}しています</u>か？

　　　　　　替 ふうにしたいですか

Ｂ１：前髪^{まえがみ}を立^たたせる^{※2}感^{かん}じで^{※3}。

Ｂ２：<u>こういう</u>感^{かん}じで^{※3}。

　　　　替 こんな

Ｂ３：<u>短^{みじか}めで</u>^{※3}。

　　　　替 短^{みじか}く切^きってください

Ｂ４：ちょっとだけ切^きってください。

Ｂ５：軽^{かる}くしたいんですけど…

Ａ：分かりました。

🔁 かしこまりました（更鄭重）

. . . .

Ａ：我是今天負責幫您剪髮的川崎。

Ｂ：麻煩你了。

Ａ：今天您希望剪什麼樣的髮型？

Ｂ1：我想把瀏海剪短、往上抓。

Ｂ2：〔指著雜誌上的照片〕剪成這樣。

Ｂ3：剪短一點。

Ｂ4：稍微修一修。

Ｂ5：我想打薄。

Ａ：我知道了。

※ 1 一般都是「動詞原形＋名詞」，但這裡用「ます体＋名詞」是為了表示客氣。

※ 2「立たせる」＝「立つ」＋「させる」（使役助動詞）＝讓～站起來

※ 3 B1 到 B3「で」的後方都省略了「お願いします」

※ 修剪髮尾　◎ MP3 **116**

Ａ：毛先（を）揃えますか？

Ｂ：【肯定】はい、２センチぐらい切ってください。

　　【否定】いえ、結構です。

▲ 🔁 大丈夫

. . . .

Ａ：髮尾要修齊嗎？

Ｂ：【肯定】好，大概剪個兩公分左右。

　　【否定】不，不用。

外 センチ【centi】公分

■ この写真みたいなスタイルにできますか？

可以剪成像這張照片上面的樣子嗎？

外 スタイル【style】造型

■ ヘア雑誌（は）、ありますか？

有髮型雜誌嗎？

外 ヘア【hair】毛髮

■ 今日、髪（を）染めたいんですけど…

　　替 前髪を作りたい（想剪瀏海）

　　替 パーマをかけたい（想燙髮）

今天我想染頭髮。

■ もみあげは残してください。

　　替 自然な感じでお願いします（請幫我修得自然一點）

我要留鬢角。

4-2 語言交換

特訓開場白

有些大學在類似國際交流中心的地方，會有日本學生與外籍學生語言交換的活動。只要在網路上報名並填寫資料及欲交換的語言，就能開始進行配對。「速配成功」之後便有機會與日本學生交流彼此的文化，並藉由實際的練習讓日語更加熟練、精進！

✽ 初步了解　◎ MP3 **118**

A：金井さんはどこで中国語を勉強しましたか？

B：友達から教えてもらいました。

　　▲ 替 学校で勉強しました（在學校學的）

　　　　▲ 替 塾（補習班）／独学（自學）

A：どのぐらい勉強しましたか？

B：一ヶ月ぐらい勉強しました。

- -

A：金井先生 / 小姐在哪兒學的中文？

B：朋友教我的。

A：學多久了？

B：我學了一個月左右。

■ <ruby>何<rt>なに</rt></ruby>を[※]<ruby>勉強<rt>べんきょう</rt></ruby>したいですか？

　　替 が[※]

你想學什麼呢？

　※「を」：沒有任何的想法，請對方想一個；

　　「が」：已有很多的想法，請對方選一個。

■ <ruby>私<rt>わたし</rt></ruby>は<ruby>小手指<rt>こ て さし</rt></ruby>に<ruby>住<rt>す</rt></ruby>んでいますが、<ruby>前田<rt>まえ だ</rt></ruby>さんは？

我住在小手指，前田先生 / 小姐呢？

■ <ruby>椎名<rt>しい な</rt></ruby>さんのお<ruby>住<rt>す</rt></ruby>まいはどちら[※]ですか？

椎名先生 / 小姐，您住哪兒呢？

　※「どこ」的客氣說法是「どちら」，口語說法是「どっち」。

■ <ruby>今日<rt>きょう</rt></ruby>、レポートを<ruby>書<rt>か</rt></ruby>い（てき）たんですけど、<ruby>見<rt>み</rt></ruby>てもらえますか？

　　　　　　　　　　　　　　　▲ **替** <ruby>直<rt>なお</rt></ruby>して（改）

今天我把寫好的報告帶了過來，你可以幫我看一下嗎？

外 レポート【report】報告

■ <ruby>今日<rt>きょう</rt></ruby>、<ruby>分<rt>わ</rt></ruby>からないところを<ruby>持<rt>も</rt></ruby>ってきましたが、<ruby>聞<rt>き</rt></ruby>いてもいいですか？

今天我把不會的問題都帶過來了，可以問你嗎？

■ これから、どうやって<ruby>勉強<rt>べんきょう</rt></ruby>していきますか？

今後（我們的語言交換）要怎麼進行下去呢？

■ <ruby>二人<rt>ふたり</rt></ruby>が<ruby>行<rt>い</rt></ruby>きやすい<ruby>場所<rt>ば しょ</rt></ruby>で<ruby>待<rt>ま</rt></ruby>ち<ruby>合<rt>あ</rt></ruby>わせ（し）[※]ませんか？

我們要不要約在兩個人都方便過去的地方碰面呢？

　※「待ち合わせします」或「待ち合わせます」皆可，故此省略了「し」。

■ メールアドレス[※]を教えてもらってもいいですか？

可以告訴我（你的）電子郵件地址嗎？

外 メールアドレス【mail address】電子郵件地址

※ 時下的年輕人會把「メールアドレス」簡稱爲「メアド」

■ 携帯番号を教えますから、書いてください。

我現在告訴你我的手機號碼，請記下來。

■ 今日は[※]ありがとうございました。

〔第一次的語言交換結束後〕今天謝謝你。

※ 第二次以後，請把「は」換成「も」，即「今日もありがとうございました」
（今天也謝謝你）。

■ 次回もよろしくお願いします。

下次也請你多多指教。

生活智慧王：福往內，鬼往外

「節分」是指立春的前一天（2 月 3 日）。由於在季節轉換之際，容易有不好的東西趁機而入，因此日本自古流傳「豆撒き」撒豆驅邪的傳統習俗，邊撒嘴巴還要念念有辭地說：「福は内、鬼は外」（幸運福氣進門來，災禍鬼怪門外去），一路從家裡撒到屋外去。最後，大家看自己幾歲，就吃下幾粒豆子，據說能常保健康不生病。當天，在關西地方還習慣吃一種叫作「恵方巻き」的開運壽司。不過，拜超商普及所賜，這股風潮無遠弗屆，現在連關東地方也都有這樣的習慣了。

❋ 約定下次見面　◎ MP3 **120**

A：次回、いつご都合がいいですか？

B1：最近、ちょっと忙しいから、またメールで連絡します。

B2：来週の日曜日（は）どうですか？

A：はい、大丈夫です。時間は（何時に約束しますか）？

B：11時でいいですか？

A：はい、いいですよ。
　　待ち合わせは新大久保駅の改札口※でいいですか？

B：はい、分かりました。

A：下次您什麼時候方便呢？

B1：最近我有點忙，我再發電子郵件連絡你。

B2：下個星期天怎麼樣？

A：好的，沒問題。時間（約幾點）呢？

B：11點好嗎？

A：嗯，好啊！我們約在新大久保車站的剪票口見面好嗎？

B：好，我知道了。

※「改札口」（剪票口）是日本人相約見面時最常選擇的會面點，例如：渋谷駅的
　「ハチ公」（忠犬小八銅像）、池袋駅的「いけふくろ」（貓頭鷹銅像）等，都
　是約定碰面的熱門地點。

4-3　聚餐飲酒

特訓開場白

在日本對於二十歲以上的成年人而言，「**飲み会／呑み会**（の かい／の かい）」（喝酒的聚會）是下課、下班後與同學、同事連絡感情的重要活動。在這種聚會能見到平日拘謹的日本友人放鬆的一面，能互相交流談心，因此也可說是拓展人際關係的關鍵舞台。

❀ 確認與會人員　◎ MP3 121

■ **大川（おおかわ）さんがまだ来（き）ていないみたいですね。**

大川先生 / 小姐好像還沒到吧！

■ **今日（きょう）、清水（しみず）さんが来（き）ますか？**

今天清水先生 / 小姐會過來嗎？

■ **小林（こばやし）さんはここに来（く）る道（みち）が分（わ）かるのかな？**

小林先生 / 小姐知道怎麼過來這邊嗎？

※ 如果自己是「幹事（かんじ）」（主辦者）的話，則應主動提供餐廳的地址和交通位置圖，以及離該地點最近的電車路線，以便大家前往。

■ **瀬川（せがわ）さんに電話（でんわ）してみます。**

我打電話連絡瀬川先生 / 小姐看看。

■ 乾杯の音頭をお願いします。

在乾杯前為大家說幾句話吧！

※ 恭請「店長」（店長）、「先輩」（前輩）、「幹事」（主辦者）等

■ 乾杯しましょうか。

我們來乾杯吧！

※ 語調下降

■ 皆さん、お疲れ様です。今日は楽しく飲みましょう。

それでは、乾杯！

大家辛苦了。今天我們喝個痛快吧！來，乾杯！

■ 高田さん、乾杯。

高田先生 / 小姐，乾杯。

Ａ：メニューをください。

Ｂ：どうぞ。

Ａ：菜單給我一下。

Ｂ：拿去。

外 メニュー【法 menu】菜單

❀ 請別人多吃點　⏯ MP3 **124**

A：食^たべてください。

　　替 もらって（拿）

B：いただきます。

- -

A：你吃一點吧！

B：那我就不客氣了。

❀ 詢問大家是否吃飽　◎ MP3 **125**

A：まだ食^たべますか？

B：【肯定】いただきます。
　　　【否定】もう十分^{じゅうぶん}です。

- -

A：你還要吃嗎？

B：【肯定】我還要吃。
　　【否定】我已經吃飽了。

❀ 幫人倒酒 1　◎ MP3 **126**

A：どうぞ飲^のんでください。

　　替 ワイン（を）飲^のみますか？【wine】要喝紅酒嗎

B：【肯定】ありがとうございます。
　　　【否定】後^{あと}でいいですよ。

- -

A：請喝。

B：【肯定】謝謝您。
　　【否定】等一下（再倒）也沒關係喔！

A：ビール（を）<ruby>注<rt>つ</rt></ruby>ぎします[※]。

　　替 <ruby>入<rt>い</rt></ruby>れていいですか？（我可以幫你倒酒嗎）

B：【肯定】すみません。

　　　　替 どうも（謝了）

　　　　替 ありがとう（ございます）（謝謝你）

　【否定】<ruby>自分<rt>じぶん</rt></ruby>で<ruby>入<rt>い</rt></ruby>れるからいいです。

A：我來為您倒酒。

B：【肯定】不好意思。

　　【否定】我自己來就好。

外 ビール【荷 bier】啤酒

※ お＋動詞ます形＋します＝敬語：謙讓語

A：お<ruby>酒<rt>さけ</rt></ruby>が<ruby>強<rt>つよ</rt></ruby>いですか？

B１：あ（ん）[※]まり<ruby>飲<rt>の</rt></ruby>まないです。

B２：<ruby>弱<rt>よわ</rt></ruby>いです。

B３：まあまあです。

A：你很會喝嗎／你酒量好嗎？

B1：我不太能喝。

B2：我酒量很差。

B3：普普通通。

※ 多了「ん」是常見的口語說法

A：これは<ruby>何<rt>なん</rt></ruby>ですか？

B：ウーロンハイ[※]です。

A：<ruby>一口<rt>ひとくち</rt></ruby><ruby>飲<rt>の</rt></ruby>んでもいいですか？

B：いいですよ。

A：這杯是什麼（酒）？

B：烏龍茶調酒。

A：我可以嚐一口嗎？

B：可以啊！

※「ウーロン」（烏龍之意，源自中文）＋「ハイ」（ハイボール【highball】的簡稱，
　威士忌加汽水的飲料）＝烏龍茶加汽水的蒸餾酒

■ 你還可以這麼說　◎ MP3 130

■ <ruby>普段<rt>ふ だん</rt></ruby>、どこで<ruby>飲<rt>の</rt></ruby>みますか[※]？

　　替 <ruby>誰<rt>だれ</rt></ruby>と（和誰）

平常你都在哪裡喝（酒）呢？

※「お<ruby>酒<rt>さけ</rt></ruby>」不用特別說出來即有飲酒之意

■ そっち[※]のお<ruby>酒<rt>さけ</rt></ruby>をください。

請把那杯酒給我。

※「そっち」是「そこ」的口語說法

■ このお<ruby>酒<rt>さけ</rt></ruby>のアルコール<ruby>度数<rt>ど すう</rt></ruby>はどのぐらいですか？

這杯酒的酒精濃度有多高？

外 アルコール【alcohol】酒精

特訓④

■ これを飲んでください。

（直譯：請喝這個）這個給你喝。

■ このお通しはもう一つもらえますか？

這道下酒小菜可以再給我一份嗎？

■ また何か飲みますか？

替 まだ（還要）替 頼みます（點餐）

要再喝點什麼嗎？

■ 自分のペースで飲んでください。

替 どうぞ（請你）

以你自己的速度喝就好。

外 ペース【pace】速度

■ 大丈夫ですか？お水（は）、いります？

〔當友人開始酒醉時〕你還好嗎？水，要嗎？

■ もう飲まないほうがいいですよ。

（直譯：不要再喝比較好喔）我看你別再喝下去了吧！

■ 無理しなくてもいいですよ。

不會喝酒／喝不下就不要喝了吧！

■ 二杯目で酔っちゃいます※。

我第二杯就醉了。

※「ちゃいます」是「てしまいます」的口語說法

■ この後、用事があるので、お先に失礼します。

等一下我還有事，先告辭了。

會話實況 LIVE

❋ 主辦者收費　◎ MP3 **131**

A：皆<ruby>み<rt>みな</rt></ruby>さん、<u>それぞれ</u>、３０００円<ruby>えん<rt>えん</rt></ruby>いただきます。
　　▲
　　替 一人<ruby>ひとり<rt>ひとり</rt></ruby>（一個人）

B：ありがとうございます。
　　▲
　　替 お願<ruby>ねが<rt>ねが</rt></ruby>いします（麻煩你了）

A：各位，麻煩請每個人給我 3000 日圓。
B：謝謝你。

❋ 餐費未收齊時　◎ MP3 **132**

A：お金<ruby>かね<rt>かね</rt></ruby>を払<ruby>はら<rt>はら</rt></ruby>っていない人<ruby>ひと<rt>ひと</rt></ruby>？

B：遅<ruby>おく<rt>おく</rt></ruby>れてすみません。

A：誰還沒有繳錢？
B：我付晚了，不好意思。

❋ 詢問是否要續攤時　◎ MP3 **133**

A：二次会<ruby>にじかい<rt>にじかい</rt></ruby>に行<ruby>い<rt>い</rt></ruby>きましょう！
　　▲
　　替 後<ruby>あと<rt>あと</rt></ruby>でラーメンを食<ruby>た<rt>た</rt></ruby>べ（等一下去吃拉麵）

B：【肯定】いいですよ。

會話實況 LIVE

❋ 主辦者收費　◎ MP3 **131**

A：皆さん、<u>それぞれ</u>、３０００円いただきます。
　　▲
　　替 一人（一個人）

B：ありがとうございます。
　　▲
　　替 お願いします（麻煩你了）

A：各位，麻煩請每個人給我 3000 日圓。
B：謝謝你。

❋ 餐費未收齊時　◎ MP3 **132**

A：お金を払っていない人？

B：遅れてすみません。

A：誰還沒有繳錢？
B：我付晚了，不好意思。

❋ 詢問是否要續攤時　◎ MP3 **133**

A：二次会に行きましょう！
　　▲
　　替 後でラーメンを食べ（等一下去吃拉麵）

B：【肯定】いいですよ。

【否定】すみません。もう飲めませんよ。

替 終電がなくなりそうなので…

（好像快沒有末班車了，所以……）

A：我們去續攤吧！

B：【肯定】好啊！

【否定】不好意思，我已經不能再喝了啦！

❋ 詢問別人是否趕得上電車　◎ MP3 134

A：終電は大丈夫ですか？

B：【肯定】大丈夫ですよ。

【否定】ちょっと危ないですよ。

A：（直譯：末班電車沒問題嗎？）你趕得上末班電車嗎？

B：【肯定】沒問題喔！

【否定】有點危險呢！

❋ 你還可以這麼說　◎ MP3 135

■ そろそろお開き※にしましょう。

我看差不多該結束了吧！

※ 在結婚喜宴等充滿歡樂的聚會當中，爲了避諱「閉じる」或「終える」這些不討喜的字眼，因此改以「お開き」來表達「結束」之意。

■ 電車は何線に乗りますか？

你電車搭哪條線呢？

■ **一緒に帰りましょう。**
いっしょ かえ

我們一起回家吧！

■ **今日は（皆さん、）お疲れ様です。**
きょう みな つか さま

替 でした

今天（各位）辛苦了。

※ 如果是同輩或晚輩之間，可省略成「今日、お疲れ」。有時候，上司會對下
きょう つか
　 屬說：「お疲れさん」。
つか

■ **今日は楽しかったです。**
きょう たの

今天玩得很開心。

■ **今日はありがとうございました。**
きょう

〔如果有長輩多付錢時〕今天謝謝您。

日行一善！ 豪爽請客篇 ◎ MP3 **136**

特
訓
4

　　和日本朋友出去吃飯時大都是「割り勘」（各付各的），但有時
わ かん
為了答謝對方的幫助而要請客時，可以這麼說：

A 今日はご馳走しますよ。
きょう ち そう

B すみません、ご馳走になります。
ち そう

　　替 お言葉に甘えて（恭敬不如從命）
ことば あま

・・・

A：今天我請客喔！

B：不好意思，讓你請客。

※ 用完餐後要說：「今日はご馳走になりました」（今天讓您破費了）
きょう ち そう

4-4 聯誼交友

在日本即便出了社會，同業或不同行業之間的聯誼活動：「**合コン**」（原：合同コンパ，「コンパ」原：「コンパニー」【company】），可說是成年人結識異性朋友的管道之一。是否能譜出一段美好的異國戀曲，落落大方的談吐態度就是第一步！

會話實況 LIVE

❋ 進入餐廳　◎ MP3 **137**

A：いらっしゃいませ。予約_{よやく}されていますか？

B：はい。　　　　　　　　▲替 ご予約_{よやく}のお客様_{きゃくさま}ですか（您是預約的客人嗎）

A：ご予約_{よやく}のお名前_{なまえ}は？

B：河合_{かわい}という名前_{なまえ}で予約_{よやく}している者_{もの}です。

A：6名_{めい}で予約_{よやく}している河合_{かわいさま}様ですね。

B：はい、そうです。

A：お席_{せき}にご案内_{あんない}いたします。

B：はい。

A：歡迎光臨。您有預約嗎？

B：有。

A：預約的大名是？

B：我們是用河合這個名字預約的。

A：預約六位的河合先生／小姐對吧！

B：對，沒錯。

A：我為您帶位。

B：好的。

■ **しょうゆ (は)、いりますか？**

> ^替（を）もらえますか（可以遞給我嗎）

醬油，要嗎？

■ **たれを付^つけてください。**

要加沾醬（吃）喔！

■ **美味^{おい}しいですね。**

（這個）真好吃。

■ **呼^よんでもらってもいいですか？**

〔手指著遠方的服務鈴〕可以幫我叫一下（服務生）嗎？

■ **とりあえず、以上^{いじょう}で（お願^{ねが}いします）。**

〔和服務生點了一堆菜，最後補一句〕就先這樣好了（，麻煩你了）。

■ **足立^{あだち}さん、食^たべて（い）ますか？**

> ^替 飲^のんで（喝酒）

足立先生／小姐，你有在吃東西嗎？

會話實況 LIVE

Ａ：徳永さんの趣味は何ですか？

Ｂ：映画と音楽鑑賞です。

A：德永先生 / 小姐的興趣是什麼？

B：看電影和聽音樂。

生活智慧王：電影院一遊

日本電影院的價目表上，可以看到一些表示特惠的外來語，例如：

シニア	【senior】	敬老票
シネマチネ	【法 cinéma + matinée】	冷門時段優待票
ファーストデイ	【First Day】	每個月的第一天
レディースデー	【Lady's Day】	淑女日
カップルデー	【Couple Day】	情侶日
レイトショー	【和 late + show】	晚上九或十點開始放映的時段
オールナイト	【all night】	通宵放映

購買電影票可利用自動售票機或洽窗口。售票機相當簡便，只需依照螢幕指示點選即可，若直接向售票員購票的話，可以說：

「○○時○○分の□□□（電影名）、大人（或大学生）を○枚ください。」

接下來，對方會請我們看櫃台螢幕上的座位圖來選位，此時可說：

「ここにします」（我選這裡）或「ここでいいです」（這裡好了）。

閒聊互動 2 ◎ MP3 **140**

A：休み（の日）は何をしていますか？

B：買い物をしたり、ＤＶＤを観たり、音楽を聴いたりしています。

- -

A：休假（日）都做些什麼呢？

B：買買東西、看看 DVD、聽聽音樂。

閒聊互動 3 ◎ MP3 **141**

A：授業は毎日ありますか？

B：【肯定】はい、毎日学校に行っています。

　　【否定】いえ、毎日じゃありません。

- -

A：課每天都有嗎？

B：【肯定】對，我每天都會去學校。

　　【否定】不，我不是每天去學校。

閒聊互動 4 ◎ MP3 **142**

A：一週間に何日、学校に行っていますか？

B：一週間に三回行っています。

　　替 週に三回です

　　　　替 週三（更簡略的說法）

- -

A：你一週去學校幾天？

B：我一週去三天。

A：<ruby>何曜日<rt>なんようび</rt></ruby>、<ruby>学校<rt>がっこう</rt></ruby>に<ruby>行<rt>い</rt></ruby>っていますか？

　　替 いつ（什麼時候）

B：<ruby>火<rt>か</rt></ruby>、<ruby>木<rt>もく</rt></ruby>、<ruby>金曜日<rt>きんようび</rt></ruby>、<ruby>行<rt>い</rt></ruby>っています。

- -

A：你平常星期幾去學校？

B：星期二、四、五去學校。

A：<ruby>何<rt>なん</rt></ruby>のサークル[※]に<ruby>入<rt>はい</rt></ruby>っていますか？

　　替 <ruby>部活<rt>ぶかつ</rt></ruby>[※]

B：テニスのサークルに<ruby>入<rt>はい</rt></ruby>っています。

- -

A：你參加什麼社團？

B：我參加網球社。

外 サークル【circle】社團

外 テニス【tennis】網球

※「サークル」偏玩樂性質的社團；「<ruby>部活<rt>ぶかつ</rt></ruby>」偏正式嚴格的社團，常訓練或比賽等。

A：<ruby>何曜日<rt>なんようび</rt></ruby>が<ruby>忙<rt>いそが</rt></ruby>しいですか？

B：<ruby>金曜日<rt>きんようび</rt></ruby>が<ruby>忙<rt>いそが</rt></ruby>しいです。

- -

A：你星期幾比較忙呢？

B：我星期五比較忙。

A：アルバイトをしていますか？

B：【肯定】はい、しています。

　　【否定】いえ、していません。

A：你有在打工嗎？
B：【肯定】嗯，有在打工。
　　【否定】不，沒在打工。

A：どんなアルバイトですか？

　　　いんしょくてん
B：飲食店で<u>アルバイトして</u>います。

　　 替 働いて（工作）
　　　 はたら

A：打什麼樣的工呢？
B：我在餐廳打工。

 生活智慧王：牛丼大小報你知

牛丼的份量由小排到大是：

ミニ【mini】	並 なみ	中盛 ちゅうもり	大盛 おおもり	特盛 とくもり	メガ【mega】
迷你	普通	中碗	大碗	特大	超大

特訓 4

A：家から学校まで遠いですか？
いえ　がっこう　とお

B：【肯定】はい、遠いです。
とお

【否定】いえ、近いです。
ちか

🔄 まあまあ（還好）

A：從家裡到學校遠嗎？
B：【肯定】嗯，很遠。
　　【否定】不，很近。

 日行一善！ 雪中送咖啡篇 ｜ ◎ MP3 **149**

　　在大雪紛飛的寒冬夜裡，見到正在趕報告的日本同學，或者是打工後一臉倦容的日本同事，總是想用實際的行動表達自己的關心。擋不住台灣人的熱血，奉上一杯熱呼呼的咖啡說：

A 寒くないですか？これ、暖かいですけど、飲みますか？
さむ　　　　　　　　　　あたた　　　　　　　の

🔄 飲みませんか※
の

B ありがとう（ございます）。

🔄 どうも（謝啦）

A：你不冷嗎？這杯熱飲，你要喝嗎？
B：謝謝你。
※ 否定說法更婉轉

A：次回、ご飯でもどうですか？

替 食事　替 しませんか[1]（要不要）

替 お茶（茶）

B：【肯定】いいですよ。

【否定】考えておきます。[2]

替 アルバイト[3]が忙しいから…（我打工很忙，所以……）

替 お母さんが厳しいから…（我媽媽管得很嚴，所以……）

替 お父さん（我爸爸）

....

A：下次我們去吃個飯如何？

B：【肯定】好啊！

　　【否定】我考慮一下。

※1 說到「しませんか？」會讓人想到同樣是表達「邀約」的「しましょうか？」。
　　我們可以用中文翻譯來解釋這兩者的差異。

　　しませんか？：「要不要～呢？」在提議時展現出尊重對方的態度。

　　しましょうか？：「～吧，好嗎？」在口吻上比「しませんか？」更強烈，
　　表示說話者認爲對方大致上會贊同提議。

※2 話說是「考慮一下」，但在日文裡已帶有「婉轉拒絕」的語意。另外，有時
　　也可推託於打工太忙，或是搬出爸爸媽媽來當擋箭牌。

※3「アルバイト」和「パート」都是指「打工」，到底哪裡不一樣呢？

　　「アルバイト」多爲學生族群；「パート」（原：パートタイム）【part time】
　　兼職，其相對的詞爲「フルタイム」【full time】全職。因爲有時會和全職員
　　工做相同的工作，並且時數較長，所以多爲家庭主婦。

■ はじめまして、僕は台湾から来ました張家豪と申します。

（どうぞ）よろしくお願いします。

初次見面（幸會幸會），我是從台灣來的，名字叫張家豪。請多指教。

■ 学校までどのくらいかかりますか？

到學校要花多長時間？

■ 学校の授業は面白いですか？

學校的課有趣嗎？

■ 外国のどこに旅行しましたか？

▲ 替 海外はどちらへ行きましたか（國外你去過哪裡）

去旅行過哪個國家呢？

■ 台湾に来たことがありますか？

▲ 替 行った（去過）

你曾來過台灣嗎？

■ 外国人の友達がいますか？

你有外國朋友嗎？

■ どこの国の人ですか？

▲ 替 方（人的敬稱）

是哪一國人呢？

■ 芸能人 ※1 で ※2 誰が好きですか？

▲ 替 好きな芸能人は誰（你喜歡的藝人是誰）

藝人裡面你喜歡誰？

※1 若直接問對方喜歡的異性類型，真令人害羞。倒不如轉個彎，先從對方喜歡的藝人開始問起吧！透過這樣旁敲側擊的問法，就能略知一二了。

※2「で」表「限定範圍」

■ どうして彼が好きなのですか？

　▲ 替 彼のどこがいいですか（他哪裡好呢）

　　　▲ 替 彼のどんなところ（他什麼樣的地方）

　　　　　▲ 替 彼女（她）

為什麼喜歡他呢？

■ 写真をお願いします。

麻煩你幫我們拍張照。

■ 皆さん、写真を撮りますよ。

大家（看這邊），要拍照了喔！

■ まだ続きます。

〔拍完一台相機，再換另一台時〕我還要繼續拍。

生活智慧王：把回憶洗出來

在日本怎麼洗照片呢？以一家連鎖沖洗店為例，先自行在機器上插入隨身碟或記憶卡等→依電腦指示操作（可調整沖洗後的效果）→將列印出來的「明細書」（明細）和「お客様控」（顧客收執聯）拿到櫃台→店員確認沖洗張數等事項後告知取件時間。取件時到櫃台遞出「お客様控」說聲：「これ、お願いします」（這個麻煩你了）→確認無誤後結帳。

特
訓
④

4-4 聯誼交友　163

4-5 卡拉OK與漫畫咖啡店

特訓開場白

日本的 KTV「**カラオケ**」，以某家知名連鎖店為例，在店門口會有價目表，時段及消費金額都一目瞭然。入店後，我們不用選擇包廂大小，店方就會依人數安排適合的包廂。而出入「**漫画喫茶**」（漫畫咖啡店或網咖）規定必須確認身份，所以第一次入店時需出示身份證件給店家影印存檔，並填寫會員卡申請書，之後憑會員卡消費就可以了。

會話實況 LIVE

※ **進入卡拉 OK** ◎ MP3 **152**

A：いらっしゃいませ。何名様ですか？

B：二人です。

A：ご利用時間は（どうなさいます[※1]か）？

　　　　　　替 いたします[※1]

B：2時間です。

A：こちらにご記入ください。

B：はい。

A：会員カード（は）、ありますか？

B：【肯定】（はい、）あります。

　　【否定】（いえ、）ありません。

A：会員カードをお作りしましょう※2か？

B：【肯定】はい、作ります。

　　【否定】いえ、結構です。

　　　　　　　替 いい

A：ワンドリンク制ですが、何になさいますか？

B１：（コカ）コーラです。

B２：ウーロン茶です。

A：こちらへどうぞ。

- -

A：歡迎光臨。您有幾位？

B：兩個人。

A：您要唱多久？

B：兩個小時。

A：請您填一下這邊的資料。

B：好的。

A：您有會員卡嗎？

B：【肯定】（有，）我有。
　　【否定】（不，）我沒有。

A：我幫您辦一張吧，好嗎？

B：【肯定】好，我要辦一張。
　　【否定】不，不用了。

A：我們會提供您一杯飲料，請問您要喝什麼？

B1：（可口）可樂。

B2：烏龍茶。

A：這邊請。

外 ワンドリンク【和 one ＋ drink】單杯飲料

外 コカコーラ【Coca-Cola】可口可樂

※1「なさいます」是「します」的敬語：尊敬語，其動作是指「客人」的消費；
「いたします」是「します」的敬語：謙讓語，其動作是指「服務生」的處理。

※2 お＋動詞ます形＋します→しましょう＝敬語：謙讓語

❋ 店内無包廂時　◎ MP3 **153**

A：すみません、今混雑していますが、お待ちになります※か？

B：はい。どのぐらい待ちますか？

A：３０分ぐらい待ちますが…

B：【肯定】じゃあ、待ちます。

　　【否定】じゃあ、結構です。

A：すみません、呼ばれるまで店内でお待ちください。

A：不好意思，現在客人比較多，您要等候嗎？

B：好。大概要等多久呢？

A：大概要等三十分鐘左右。

B：【肯定】那我們等。

　　【否定】那就算了。

A：不好意思，我們等一下會叫您，請您在店内稍候片刻。

※ お＋動詞ます形＋になります＝敬語：尊敬語

■ すみません、音^{おと}が小^{ちい}さいので、見^みてもらえますか？

不好意思，聲音有點小，可以請你（過來）看看嗎？

■ <u>モニター</u>の調子^{ちょうし}が悪^{わる}いんですけど…

替 マイク（原：マイクロホン）【microphone】麥克風

螢幕怪怪的。

外 モニター【monitor】螢幕

■ <u>ドリンク</u>の注文^{ちゅうもん}をしたいのですが…

替 料理^{りょうり}（餐點）

我想點飲料。

外 ドリンク【drink】飲料

■ アイスコーヒー、一^{ひと}つ<u>お願^{ねが}いします</u>。

替 ください

我要一杯冰咖啡。

外 アイスコーヒー【iced coffee】冰咖啡

♥ **日行一善！** 善意的謊言篇 ◎ MP3 **155**

　　很多收銀員結帳時，見客人沒有會員卡，都會隨口一問：「会員^{かいいん}カード（を）、お作^{つく}りしますか？」（要不要我幫您辦張會員卡呢？）。有時很難辜負對方的好意，此時不妨利用「善意的謊言」來婉拒。

> ■ 次回^{じかい}にします。 我下次再辦。

❊ 時間快到時服務生來電提醒 ◎ MP3 **156**

A：あと１０分でご利用時間が終了しますが、どうなさいますか？

〜不續唱了〜

B：終了します。

　　替 終わります

A：（お）忘れ物（の）ないように。

〜要續唱時〜

B：１時間延長したいのですが…

A：【肯定】１時間ですね。

　　【否定】すみません、込んでいるので延長ができません。

B：はい、分かりました。

A：再過十分鐘您的歡唱時間就要到了，（直譯：您要怎麼辦？）您要續唱嗎？

〜不續唱了〜

B：（我們）不唱了。

A：請別忘了您隨身攜帶的物品。

〜要續唱時〜

B：（我們）想續唱一個小時。

A：【肯定】一個小時是嗎？

　　【否定】不好意思，現在包廂的預約很滿，所以不能續唱。

B：好，我知道了。

A：お帰りですか？

B：はい。

A：伝票はお持ちですか？

B：はい。

A：合計は１４９００円です。

　　▲ 替 全部で

B：はい。

A：１４９００円ちょうど頂戴します。

A：您要離場了嗎？

B：是的。

A：帳單您有帶過來嗎？

B：有。

A：一共是 14900 日圓。

B：好的。

A：收您 14900 日圓整。

會話實況 LIVE

✿ 進入漫畫咖啡店 ◎ MP3 **158**

A：いらっしゃいませ。会員<ruby>カード<rt></rt></ruby>はお<ruby>持<rt>も</rt></ruby>ちですか？

替 を

B：はい。

A：<ruby>喫煙席<rt>きつえんせき</rt></ruby>と<ruby>禁煙席<rt>きんえんせき</rt></ruby>ととちらがいいですか？

B：<ruby>禁煙席<rt>きんえんせき</rt></ruby>でお<ruby>願<rt>ねが</rt></ruby>いします。

A：カード（を）お<ruby>返<rt>かえ</rt></ruby>しします。
　　<ruby>禁煙席<rt>きんえんせき</rt></ruby>のどんなタイプのお<ruby>席<rt>せき</rt></ruby>を<u>ご<ruby>希望<rt>きぼう</rt></ruby></u>ですか？

替 ご<ruby>利用<rt>りよう</rt></ruby>（您要利用）

B：<u>リクライニングシート</u>　を<ruby>お願<rt>ねが</rt></ruby>いします。

替 これ※1（這個）　　替 で※2

A：<u>ご<ruby>利用時間<rt>りようじかん</rt></ruby></u>は（どのぐらいですか）？

替 お<ruby>時間<rt>じかん</rt></ruby>はどのぐらい<ruby>お考<rt>かんが</rt></ruby>えですか（時間上您打算待多久呢）

替 ご<ruby>利用<rt>りよう</rt></ruby>（您要利用）

B：<ruby>3時間<rt>じかん</rt></ruby>パックです。

A：<ruby>前払<rt>まえばら</rt></ruby>い<ruby>制<rt>せい</rt></ruby>なので、<ruby>お先<rt>さき</rt></ruby>に１０００<ruby>円<rt>えん</rt></ruby>いただきます。

～顧客給了一十日圓的鈔票～

Ａ：１０００円頂戴します。
えんちょうだい

お席は２０１番でございます。ごゆっくりどうぞ。
せき　　　　　　ばん

🔒 ２０１番をお取りしました（我為您挑了 201 號）
　　　　ばん　　と

- -

Ａ：歡迎光臨。您有會員卡嗎？

Ｂ：有。

Ａ：吸菸區和禁菸區哪裡好呢？

Ｂ：麻煩你，我要禁菸區。

Ａ：（直譯：我把卡片還給您）這是您的卡片。您要禁菸區的哪種座位呢？

Ｂ：我要可以向後躺的座椅。

Ａ：您要待多長時間呢？

Ｂ：〔看了一下消費方式〕包檯三小時。

Ａ：（我們這邊）要先結帳，所以先向您收 1000 日圓。

～顧客給了一千日圓的鈔票～

Ａ：收您 1000 日圓。您的座位是 201 號。祝您消費愉快。

外 リクライニングシート【reclining seat】可向後躺的座椅

外 パック【pack】套裝方案

※１ 可以邊看櫃台圖片上的座椅類型，或是電腦螢幕上顯示的座位圖再決定。

※２「で」：在多方選擇中決定某個方式

✻ **你還可以這麼說** 🔊 MP3 **159**

■ **女性専用シートをお願いします。**
じょせいせんよう　　　　　　　　ねが

🔒 ブース【booth】包廂

請幫我安排女性專用區的座位。

外 シート【seat】座位

■ すみません、隣の人のいびきがうるさいので、
部屋※を変えてもらうことはできますか？

替 席※（位子）

不好意思，隔壁包廂的人打呼很吵，可以幫我換個包廂嗎？

※「部屋」：包廂型的座位；「席」：開放式的座位。

■ すみません、紙コップがなくなりました。

替 ありません（沒有）

〔在飲料區發現沒有杯子時〕不好意思，紙杯沒有了。

外 コップ【荷 kop】杯子

■ スリッパはありますか？

替 どこですか（在哪裡）

有（提供）拖鞋嗎？

外 スリッパ【slipper】拖鞋

■ シャワールームを使ってもいいですか？

我可以使用淋浴間嗎？

外 シャワールーム【shower room】淋浴間

※ 有些網咖提供免費使用淋浴間的服務

■ （インター）ネットが突然つながらなくなりました。

替 急に

網路突然連不上去了。

■ ヘッドホンが壊れています。

耳機壞了。

外 ヘッドホン＝ヘッドフォン【headphone】頭戴式耳機

■ ここで<u>プリントアウト</u>できますか？

替 印刷（いんさつ）

替 コピー【copy】影印

替 スキャン【scan】掃描

這邊可以列印東西嗎？

外 プリントアウト【print out】列印

※ **櫃台結帳** ◎ MP3 **160**

A1：どうぞ（こちらへ）。お帰（かえ）りですか？
　　　時間内（じかんない）のご利用（りよう）でございます。ありがとうございました。

A2：すみません、１５分（ふん）オーバーなので、２００円（えん）いただきます。

B：はい。

. . . .

A1：（這邊）請。您要走了嗎？（直譯：您的使用在時間範圍內）您沒逾時。謝謝您。

A2：不好意思，（時間已經）超過了十五分鐘，所以要再跟您收 200 日圓。

B：〔拿出硬幣〕好的。

外 オーバー【over】超過

┌─────────────────────────────┐
│ ☆省錢小撇步　　　　　　　　　　　　　　　　　│
│ 有些漫畫咖啡店的門口，會有免費的過期雜誌供人索取。│
└─────────────────────────────┘

結訓練習題

❀ 日文解碼

	（日文假名）	（中文意思）
① 伝票	_____	_____
② 趣味	_____	_____
③ 都合	_____	_____
④ 毛先	_____	_____
⑤ 別料金	_____	_____

❀ 關鍵助詞

① この写真みたいなスタイル（　　）できますか？

② モニターの調子（　　）悪いんですけど…

③ 芸能人（　　）誰（　　）好きですか？

④ 二人（　　）行きやすい場所（　　）待ち合わせませんか？

⑤ シャワールームを使って（　　）いいですか？

（請依左方的中文提示，填入適當的搭配詞語。）

① 你能幫我換個包廂嗎？ ＿＿＿＿＿＿＿＿＿＿＿＿ ことはできますか？

② 我想續唱一個小時。 ＿＿＿＿＿＿＿＿＿＿＿ 延長（えんちょう）したいのですが…

③ 下次我們去吃個飯如何？＿＿＿＿＿＿＿＿＿＿＿＿＿ どうですか？

④ 您什麼時候方便呢？ ＿＿＿＿＿＿＿＿＿＿＿＿＿＿ いいですか？

⑤ 大概剪個兩公分左右。＿＿＿＿＿＿＿＿＿＿＿＿ 切（き）ってください。

（請依左方的中文提示，寫出適當的日文句子。）

① 告訴髮型師今天想染髮時 ＿＿＿＿＿＿＿＿＿＿＿＿＿＿＿＿

② 想問對方候位要等多久時 ＿＿＿＿＿＿＿＿＿＿＿＿＿＿＿＿

③ 想知道對方休假都在做些什麼時 ＿＿＿＿＿＿＿＿＿＿＿＿＿＿＿

④ 想了解對方以前在哪裡學中文時 ＿＿＿＿＿＿＿＿＿＿＿＿＿＿＿

⑤ 想知道這裡是否可列印東西時 ＿＿＿＿＿＿＿＿＿＿＿＿＿＿＿

特訓④

特訓 5

疑難雜症全解決

特訓暖身操

※ 字彙預習

① アニメ	①⓪ 卡通；動畫	② 履歴書（りれきしょ）	④③⓪ 履歴表
③ サービス	① 服務	④ ゲーム	① 遊戲
⑤ 賄い（まかな）	⓪③ 員工餐	⑥ レジ	① 收銀台
⑦ 隣（となり）	⓪ 隔壁	⑧ サンプル	① 樣品
⑨ 突き当たり（つ あ）	⓪ 盡頭	⑩ オレンジジュース	⑤ 柳橙汁

※ 句型預習

① ～から～まで。從～到～。
　　例 時間帯（じかんたい）は何時（なんじ）から何時（なんじ）までですか？

　　（工作的）時段是從幾點到幾點呢？

② 動詞原形＋ことができます。能夠～。
　　例 お給料（きゅうりょう）はどのように受（う）け取（と）ることができますか？

　　薪水要如何才能領到呢？

③ 名詞＋でもいいですか？ 即使是～也可以嗎？
　　例 外国人（がいこくじん）でもいいですか？ 即使是外國人也可以嗎？

④ 動詞原形＋と思います。我想／認為／預計～。
　　例 6時（じ）には着（つ）けると思（おも）います。我預計六點會到。

5-1 尋找打工

特訓開場白

我們可以先從「網路上的求職網站」、「車站擺放的求職雜誌」、「店家外張貼的廣告」等三方面下手。先致電或親洽，再帶著履歷表接受面試。如果是超市等打工，有時會有算數測驗。若經採用，即進入為時約一週到一個月的「研修（けんしゅう）」（實習）階段，先從當前輩們的小助手開始了解狀況。此外，我們也能透過「ハローワーク」【和 Hello＋Work】即「公共職業安定所（こうきょうしょくぎょうあんていじょ）」獲得更多的工作資訊。

會話實況 LIVE

※ 致電洽詢 1 ◎ MP3 **161**

特訓⑤

A：もしもし、インターネットの求人広告（きゅうじんこうこく）を見（み）て、お電話（でんわ）させていただきました[※1]。面接（めんせつ）をお願（ねが）いしたいのですが、よろしいですか？

B：ありがとうございます。お名前（なまえ）をお伺（うかが）いしてもよろしいですか？

A：黄美玲（コウ ビ レイ）です。

B：後（のち）ほど[※2]担当者（たんとうしゃ）から、またお電話（でんわ）を差（さ）し上（あ）げます[※3]ので、お待（ま）ちください。

A：喂，我在網路上看到了求才廣告，所以撥了這通電話給您。我想要面試，（不知道）方不方便？

B：謝謝您。我可以請教您貴姓大名嗎？

A：我是黃美玲。

B：稍後負責人員會再回電給您，請稍待片刻。

※1 お＋サ行変格活用動詞語幹＋させていただきます＝敬語：謙讓語

※2「後ほど」是「後で」的正式用語。

順帶一提，「先ほど」是「さっき」的正式用語。

※3「差し上げます」是「与える」、「やる」的敬語：謙讓語

❀ 致電洽詢 2　◎ MP3 **162**

〜十分鐘後〜

A：もしもし、ＡＢＣの服部と申します。

　　ご応募いただきありがとうございます。職業は何ですか？

B：<u>留学生</u>です。

　　替 ワーキングホリデーのビザで日本に来ました（我拿打工簽證來到了日本）

　　【working holiday】度假打工【visa】簽證

A：日本語を勉強してどのぐらいですか？

B：２年ぐらいです。

A：どこに住んでいますか？

B：調布です。

A1：終電は大丈夫ですか？

B1：11時40分が終電なので、11時ぐらいまで大丈夫です。

A2：終電は何時ですか？

B2：京王線は11時40分が最終です。

　　　替 自己所利用的電車路線

A：飲食業の経験はありますか？

　　　▲ 替 接客※（服務）

B：【肯定】はい、したことはあります。

　　【否定】いえ、したことはありません。

- -

～十分鐘後～

A：喂，我是 ABC（公司名）的服部。謝謝您來應徵。您的職業是什麼？

B：我是留學生。

A：你日文學多久了？

B：大約兩年。

A：你住在哪裡？

B：調布。

A1：（直譯：末班電車沒問題嗎？）你能趕得上末班電車嗎？

B1：末班電車 11 點 40 分開，所以大概到 11 點之前都沒問題。

A2：末班電車是幾點呢？

B2：京王線的話，11 點 40 分是最後一班。

A：你曾做過餐飲業嗎？

B：【肯定】有，我做過。

　　【否定】不，我沒做過。

※ 看到日語「接客」這個詞，總讓台灣人倒抽一口氣，且不由自主地產生邪念。

　　其實在日文裡「接客」單純是指「服務客人」的意思！

A：もしもし、アルバイト^{※1}募集の<u>広告</u>を見たんですけれども、
　　まだ募集中ですか？　　　　　　　替 張り紙

B：募集中です。いつ面接に来られます^{※2}か？

A：明日の午後行けます。

B：明日の午後3時にお店に来てください。

A：履歴書は必要ですか？

B：【肯定】はい、お願いします。【否定】いえ、結構です。
　　お名前は（何ですか）？

A：李です。

B：下の名前は（何ですか）？

A：欣怡です。

B：じゃあ明日午後3時に（会いましょう）。

A：はい、分かりました。失礼します。

....

A：喂，我看到了打工的徵人廣告，請問（現在）還有缺人嗎？

B：我們還在徵人。你什麼時候可以來面試？

A：明天下午我能過去。

B：那麼請你明天下午三點過來店裡。

A：需要帶履歷表嗎？

B：【肯定】嗯，麻煩你了。【否定】不，不用了。
　　您的大名是？

A：我姓李。

B：（叫什麼）名字呢？

A：欣怡。

B：那就明天下午三點見吧！

A：好，我知道了。再見。

※1 雖然會話中常把「アルバイト」簡稱為「バイト」，但在求職時建議還是使用全稱「アルバイト」，以給人較正式的穩重感。

※2 最標準的說法是「来られます」，但也有人會說成「来れます」，這稱為「ら抜き言葉」（省略「ら」的說法）。此外還包括上一段動詞，如「見られます→見れます」；下一段動詞，如「食べられます→食べれます」。雖然在會話中常聽到，不過在正式考試中要避免使用。

生活智慧王：填履歷表的注意事項

履歷表在便利商店都買得到，以下幾點提醒大家：

① 「年」的寫法應為日本年號，而非西元。

② 通常需於自己的名字右側蓋上印章。

③ 在「学歴・職歴など」（學經歷等方面）欄位中應從小學開始填起，中小學只需填畢業的年月；高中以上則需填入學及畢業的年月，以及學系名稱等詳細資訊。

④ 在最終學歷的下一行填入「職歴」。從第一份工作開始填寫，包括就職及離職的年月、公司名稱及單位名稱等。若沒有工作經驗的話，應填入「職歴なし」。寫完後在最下方填上「以上」即可。

⑤ 在「志望動機」（應徵動機）的部分，應寫出自己以後如何在公司裡發揮自己的價值，或是自己能為公司貢獻的地方。

⑥ 履歷表盡量不要留白，寫得詳細與否，密切關係著面試時的對談，且更能讓對方留下印象。健康狀態若無重大疾病，可填「良好」；上班時間等若無特別的要求，可填「特になし」。

特訓 5

✳ 面試開始　◎ MP3 **164**

A：すみません、アルバイトの面接（めんせつ）に来（き）たんですが…

B：ちょっと待（ま）ってください。こちらへどうぞ。座（すわ）ってください。

A：失礼（しつれい）します。

B：履歴書（りれきしょ）はありますか？

A：よろしくお願（ねが）いします。

A：不好意思，我是來面試打工的。

B：請等一下。這邊請。請坐。

A：〔要坐之前〕不好意思。

B：有帶履歷表嗎？

A：〔遞出履歷表〕麻煩你了。

生活智慧王：面試小叮嚀

台灣的門一般都是向內開，但日本的門「內開き」（うちびらき）（向內開）、「外開き」（そとびらき）（向外開）的都有。為什麼會有向外開的門呢？因為日式房屋的玄關常擺放鞋子，如果門向內開的話會很不方便，所以在空間的考量下，才有了向外開的設計。進出辦公室時可別以為門打不開而出糗了。

稱呼日本人時，請務必弄清楚對方的「苗字」（みょうじ）（姓氏）及「下の名前」（したのなまえ）（名字）。比方說，姓氏「さいとう」的漢字就有「**斎藤、斉藤、齊藤、齋藤**」等多種寫法；名字「未來」的讀音則有可能讀成「みらい」或「みく」。假如一開始就將對方的名字叫錯，印象分數可是會大打折扣喔！

A：何時間 働けますか？
　　替 何曜日（星期幾）

B1：時間は、何時間でも大丈夫です。

B2：毎週、月曜日、水曜日、土曜日、日曜日は大丈夫です。

A：何でこの店で働こうと思ったんですか？

B：こちらのお店で日本のサービスを身に付けたいと思ったからです。
　　替 家が近くて通勤に便利だ（離家近，通勤又方便）
　　替 この仕事に興味がある（對這份工作有興趣）
　　替 の経験を積みたい（想累積經驗）

B：こちらは賄いがありますか？

A：【肯定】あります。お給料から、一日２００円（が）引かれます。
　　【否定】ありませんので、自分で用意してください。

....

A：你能工作幾個小時？

B1：時間上不管幾個小時我都可以。

B2：每週一、週三、週六、週日都沒問題。

A：你為什麼會想到我們店來工作呢？

B：因為我想在您這家店裡學習日本的服務精神／服務業的待客之道。

B：這邊有提供員工餐嗎？

A：【肯定】有。我們會從您的薪水裡扣掉，一天 200 日圓。
　　【否定】沒有，所以要請你自備。

外 サービス【service】服務

■ さっきアルバイトの<ruby>広告<rt>こうこく</rt></ruby>を<ruby>見<rt>み</rt></ruby>たのですが、<ruby>外国人<rt>がいこくじん</rt></ruby>でもいいですか？

剛剛我看到了徵求計時人員的廣告，外國人也可以（試試）嗎？

■ すみません、アルバイトの<ruby>求人<rt>きゅうじん</rt></ruby>は<u>やっています</u>か？

替 あります

不好意思，這邊有缺計時人員嗎？

■ <ruby>採用<rt>さいよう</rt></ruby><ruby>試験<rt>しけん</rt></ruby>などはありますか？

應徵時有考試之類的嗎？

■ <ruby>時間帯<rt>じかんたい</rt></ruby>は<ruby>何時<rt>なんじ</rt></ruby>から<ruby>何時<rt>なんじ</rt></ruby>までですか？

（工作的）時段是從幾點到幾點呢？

■ <ruby>仕事内容<rt>しごとないよう</rt></ruby>は<ruby>何<rt>なん</rt></ruby>ですか？

替 <ruby>仕事<rt>しごと</rt></ruby>はどんな<ruby>内容<rt>ないよう</rt></ruby>ですか

替 どういった（更正式）

工作內容有哪些呢？

■ お<ruby>給料<rt>きゅうりょう</rt></ruby>はどのように<ruby>受<rt>う</rt></ruby>け<ruby>取<rt>と</rt></ruby>ることができますか？

薪水要如何才能領到呢？

■ <ruby>何日<rt>なんにち</rt></ruby>から<ruby>出勤<rt>しゅっきん</rt></ruby>することになります[※]か？

從幾號開始上班呢？

※ 動詞原形＋ことになります＝客觀敘述某件事的結果

■ どういった<ruby>書類<rt>しょるい</rt></ruby>を<ruby>用意<rt>よう</rt></ruby>すればよろしいですか？

該準備哪些資料呢？

5-2 工作用語 1

特訓開場白

留學生打工最常接觸到餐廳、便利商店、飯店等服務業。雖然很多人會擔心自己的語言能力不足而導致影響工作表現，但有些雇主會發給員工「マニュアル」【manual】工作手冊，以供參考與客人的應對方式或工作用語等。以下的工作用語在日常生活中經常聽到，不過還是按公司規定的守則隨機應變吧！

✱ 飯店櫃台篇 1：迎賓　◎ MP3 167

■ **お帰りなさいませ。**^{※1}

您回來了。^{※2}

※ 1「ませ」是「ます」的命令形，要求對方做某個動作時，帶有客氣的口吻。

※ 2 為了讓客人擁有賓至如歸的感受，所以有這樣的迎賓說法。

■ **チェックインでよろしいですか？**

（直譯：辦住房手續好嗎？）您要辦住房手續是嗎？

外 チェックイン【check in】住房手續

■ **何名様ですか？**

有幾位呢？

■ **何泊ですか？**

您要住幾晚呢？

■ **こちらにご記入（を）お願いします。**

請您填一下這張表格。

■ **タバコ（を）お吸いになりますか？**※

您抽菸嗎？

※ 也有人會說成「タバコ（を）お吸いになられますか」，即「お〜になる」
＋「〜られる」這樣的「二重敬語」（雙重敬語），但這並不是理想的說法。

不過，有些雙重敬語已經是普及化的慣用說法，現在則無使用上的問題了，
如「お召し上がりになる」（您吃）、「お召し上がりください」（您請吃）
和「お伺いします」（拜訪／請教您）。

■ **パスポートのコピーを取らせていただけます**※**か？**

我可以影印您的護照嗎？

外 パスポート【passport】護照

※ 動詞使役（て）形＋いただきます＝敬語：謙讓語

■ **お預かりいたします。**

我收下了。

■ **ありがとうございます。**

〔把護照還給對方時〕謝謝您。

■ **お部屋は３０１号室**※**でございます。**

您的房間是 301 號房。

※ 有時也會說成「お部屋は３０１号室の３階でございます」，以使年長的客
人等能馬上知道房間在三樓。

■ **チェックアウトのお時間は朝１０時までです。**

您退房的時間到早上十點。

外 チェックアウト【check out】退房手續

■ 朝食は６時半から９時半まで、１階の奥でお召し上がりいただけ
ます※。

早餐從六點半供應到九點半，您可以在一樓的後方用餐。

※ お＋動詞ます形＋いただきます→いただけます＝敬語：尊敬語

■ ごゆっくり、おくつろぎくださいませ※。

替 どうぞ

請您好好休息。

※ お＋動詞ます形＋ください→くださいませ＝敬語：尊敬語

■ ご宿泊料金は３万円でございます。

您的住宿費用是三萬日圓。

■ お支払いはカードですか？現金ですか？

您的付款方式是刷卡還是付現呢？

■ 少々お待ちください。 請稍等一下。

■ お待たせいたしました。

讓您久等了。

特
訓
5

■ 領収書（は）ご利用ですか？

收據您需要嗎？

■ お宛名は会社名でよろしいですか？

收據抬頭寫您的公司名稱好嗎？

■ 行ってらっしゃいませ。

〔送客人離開時〕請您慢走。

■ **いらっしゃいませ。**

歓迎光臨。

■ **お客様**[※]**は何名様でいらっしゃいますか?**

您有幾位呢？

※ 在店內不論男女，都以「お客様」來稱呼客人。

■ **ご予約はされています**[※]**か?**

您已經有預約了嗎？

※「されます→されています」是「します」的敬語：尊敬語

■ **ただいまお席の用意をいたしますので、こちらでお待ちください。**

我現在馬上為您準備位子，請您在這裡稍候一下。

■ **お荷物をお預かりいたします。**

〔見到客人大包小包時〕我幫您保管行李。

■ **恐れ入りますが、相席お願いできますでしょうか?**

很抱歉，可以麻煩您（和別的客人）併桌嗎？

■ **お客様、お席が空きました。**

這位客人，有位子空出來了。

■ **四名様のご案内です。**

〔向店內的其他服務生說〕四位客人帶位進來了。

■ <u>**ご案内いたします。**</u>

替 **こちらへどうぞ**（這邊請）

我帶您過去。

■ **もしよろしければ、下駄箱をご利用ください。**

如果方便的話，請您使用鞋櫃。

■ **靴はこの袋に入れてください。**

鞋子請裝進這個袋子裡。

※ 有些餐廳會提供塑膠袋給客人裝鞋子

■ **お茶をどうぞ。**

請用茶。

■ **手をお拭きください。**

〔邊遞出濕毛巾邊說〕請您擦手。

■ **ご注文がお決まりになりましたら※お呼びください。**

您決定要點餐時請再叫我。

※ お＋動詞ます形＋になります＝敬語：尊敬語

■ **お待たせしました。**

讓您久等了。

■ **ご注文をお伺いします。**

　　　　　　　　　　替 いたします（敬語：謙譲語）

我來為您點餐。

■ **お決まりの方※から伺います。**

我先幫決定好的客人點餐。

※ 這邊的「方」是指「人的尊稱：かた」，而不是「方向：ほう」。

■ **お飲み物は何になさいますか？**

您的飲料要點什麼呢？

■ オレンジジュースはいつお持ちいたします[※]か？

柳橙汁要什麼時候幫您上呢？

外 オレンジジュース【orange juice】柳橙汁

※ お＋動詞ます形＋します→いたします（更客氣）＝敬語：謙讓語

■ ご注文を繰り返します。

我重複一次您的餐點。

■ ご注文は以上でよろしいですか？

您的餐點這樣就好了嗎？

■ お呼びの際はベルを押してください。

（直譯：您叫人時）您需要服務時，請按服務鈴。

外 ベル【bell】鈴

■ こちらはポテトフライです。

（直譯：這是薯條）為您送上薯條。

外 ポテトフライ【和 potato ＋ fried】薯條

■ ごゆっくりどうぞ。請您慢用。

■ 前から失礼します。

不好意思，從您前面通過。

■ 失礼いたします。灰皿をお取り替えいたします。

不好意思，我幫您換一下菸灰缸。

■ 失礼しました。ただいまお持ちします。

〔客人要某樣東西時〕不好意思，我現在馬上拿過來給您。

■ 失礼いたします。こちらお下げしてもよろしいでしょうか？

不好意思，這個我幫您收走好嗎？

餐飲業篇 2：休息前　◎ MP3 **170**

A：**きゅうけい
休憩に行ってきます。**

　　▲
　　替 いただきます（敬語：謙讓語）

B：**い
行ってらっしゃい。**

A：我去休息一下。

B：慢走。

餐飲業篇 3：休息後　◎ MP3 **171**

A：**きゅうけい
休憩ありがとうございました。**

B：**かえ
お帰りなさい。**

A：（直譯：多謝讓我去休息）我休息回來了。

B：你回來了。

生活智慧王：整天道早安

我們都知道「おはようございます」是早安的意思，但在某家連鎖速食店等服務業，不論早中晚都會聽到員工彼此用「おはようございます」問候，連演藝圈也有相同的習慣。當下班要離開時則會說：

「**さき　しつれい
お先に失礼します。お疲れ様です。**」（我先走一步，工作辛苦了。）

■ ご<ruby>注文<rt>ちゅうもん</rt></ruby>は<ruby>以上<rt>いじょう</rt></ruby>でお<ruby>揃<rt>そろ</rt></ruby>いでしょうか？

您的餐點都到齊了嗎？

■ こちら（を）お<ruby>下<rt>さ</rt></ruby>げします。

我幫您收走這個。

■ <ruby>恐<rt>おそ</rt></ruby>れ<ruby>入<rt>い</rt></ruby>ります。

〔從客人手中接過用完餐的托盤〕不好意思。

■ そのままで<ruby>結構<rt>けっこう</rt></ruby>です。

〔客人用完餐後〕您（把餐具）放在回收櫃上就可以了。

■ ラストオーダーですが、ご<ruby>注文<rt>ちゅうもん</rt></ruby>はございます※か？

最後點餐的時間到了，您還有要點的東西嗎？

外 ラストオーダー【last order】最後點餐

※「ございます」是「あります」的「丁寧語」（客氣說法）

 生活智慧王：跟空氣鞠躬

在日本，店員有以下三種不同層次的「鞠躬」方式：

① <ruby>会釈<rt>えしゃく</rt></ruby>（輕輕點頭致意，15 度）常會說：

「はい、かしこまりました。」（是的，我知道了。）

② <ruby>敬礼<rt>けいれい</rt></ruby>（行禮致敬，30 度）常會說：

「いらっしゃいませ。」（歡迎光臨。）

③ <ruby>最敬礼<rt>さいけいれい</rt></ruby>（致上最深敬意，45 度）常會說：

「<ruby>申<rt>もう</rt></ruby>し<ruby>訳<rt>わけ</rt></ruby>ございません。」（非常抱歉。）

甚至連進出賣場時，不管有沒有人看到，都得行鞠躬禮。跟空氣鞠躬代表對賣場的尊重，並感謝顧客的支持與照顧。

餐飲業篇 4：為顧客結帳　◎ MP3 173

A：お会計お願いします。
かいけい　ねが

B：ありがとうございました。伝票をお預かりいたします。
でんぴょう　あず

A：麻煩你幫我結帳。

B：謝謝您。我收到您的帳單了。

你還可以這麼說　◎ MP3 174

■ お忘れ物のないように、お気を付けてお帰りください。
わす　もの　き　つ　かえ

請您回去時別忘了您的東西，路上小心。

■ （ご来店）ありがとうございました。
らいてん

謝謝您（的光臨）。

■ またどうぞお越しくださいませ。
こ

歡迎再度光臨。

日行一善！　超市購物籃篇　◎ MP3 175

　　在超市裡結完帳，要把購物籃歸位的時候，有人正好伸手要拿籃子。這時擋不住台灣人的熱血，把籃子遞到對方的面前，並說聲：

■ 良かったら、どうぞ。
よ

替 よろしければ

不介意的話，請（拿去用）。

5-3 工作用語 2

會話實況 LIVE

❋ 便利商店篇：各種服務 1 ◎ MP3 **176**

A：修正液はどこですか？
しゅうせいえき

B：突き当たりの左側です。
つ あ ひだりがわ

A：立可白在哪裡？

B：走到底左轉。

❋ 便利商店篇：各種服務 2 ◎ MP3 **177**

A：国際テレホンカードはありますか？
こくさい

B：申し訳ございません。扱っておりません。
もう わけ あつか

A：有國際電話卡嗎？

B：非常抱歉，（我們）沒賣。

外 テレホンカード【telephone card】電話卡

❋ 為顧客結帳 ◎ MP3 **178**

■ 次お待ちのお客様、どうぞ。
つぎ ま きゃくさま

　下一位等候的客人請到這邊來。

■ **レジ（へ）お願いします。**

〔結帳客人太多時對同事說〕請到櫃台來。

外 レジ（原：レジスター）【register】收銀台

■ **ポイントカード（は）お持ちですか？**

替 よろしい

集點卡您有帶嗎？

■ **２７００円でございます。**

（總共是）2700 日圓。

■ **２７００円ちょうどいただきます。**

收您 2700 日圓整。

■ **５０００円（を※）お預かりいたします。**

收您 5000 日圓。

※ 有些人會把「を」（正確說法）說成「から」（バイト敬語）

■ **２３００円のお返しです。**

找您 2300 日圓。

 生活智慧王：找錢的技巧

日本的收銀員找大鈔給客人時，會請客人一起數鈔票，數完後再把鈔票遞給客人。而找零錢時，收銀員會一手都放一圓硬幣，一手都放百圓硬幣，邊說著零錢的數目邊遞給客人，讓對方一目瞭然。當以單手將全部的零錢遞給客人時，另一手就會托在客人手的下方，以防零錢沒接好而掉出來。

■ レシート（は）、ご利用<u>です</u>か？

> 替 になります（バイト敬語）

> 替 なさいます（敬語：尊敬語）

收據您需要嗎？

■ こちら（は）、温めますか？

這個需要加熱嗎？

■ お箸（は）、お付けしますか？

> 替 スプーン【spoon】湯匙

筷子要幫您附上嗎？

■ 袋にお入れ<u>しましょうか</u>？

> 替 いたしましょうか

（直譯：要幫您放進袋子裡嗎？）需要袋子裝嗎？

❖ 其他：請假、調班等 ◎ MP3 179

■ もしもし、鄭です。申し訳ございません※が、風邪を引いてしまって、明日出勤することができなくなりました。

喂，我姓鄭。抱歉，我感冒了，明天不能過去打工。

※ 此時應使用比「すみません」更正式的道歉用語：「申し訳ございません」

■ もしもし、游ですが、電車が遅延しているので、遅刻します。申し訳ございません。6時には着けると思います。

喂，我姓游。現在電車誤點，所以我會遲到。很抱歉，我預計六點會到。

■ 具合が悪いので、今日は休ませてください。

　　　　　　　　　　　替 早退させて（讓我早點離開）

我身體不舒服，今天請讓我請假。

■ 来週の月曜日の1時から5時までのバイトを替わっていただけま

せんか？

您能幫我代下星期一1點到5點的班嗎？

■ 申し訳ございません、シフト表を出すのが遅れました。

　　　　　　　　　　　替 出し忘れました（忘記交）

抱歉，我晚交了班表。

外 シフト【shift】輪值制；輪值時間

生活智慧王：打工萬用句錦囊

前面學了一連串的服務用語，是否已經暈頭轉向了呢？我們來總複習一下
最精華、最基本的八大好用句吧！

① いらっしゃいませ。　　　　　歡迎光臨。

② かしこまりました。　　　　　我知道了。

③ 少々お待ちくださいませ。　　請您稍等。

④ 大変お待たせしました。　　　讓您久等了。

⑤ 失礼いたします。　　　　　　失禮了。（例如從客人的身邊經過時）

⑥ 恐れ入りますが…　　　　　　很抱歉……

⑦ 申し訳ございません。　　　　非常抱歉。

⑧ ありがとうございます。　　　謝謝您。

5-4 路上臨檢

晚上騎自行車回家的時候，為了自身的安全，別忘記打開車燈，否則在半路上可能會被警察先生攔下來「好好聊聊」。警察先生會確認自行車上的「**防犯登録**」（ぼうはんとうろく）（防盜貼紙）號碼，利用無線電或手上的機器進行核對。有時也需出示身份證件。

會話實況 LIVE

※ **警察臨檢 1** ◎ MP3 **180**

A：最近、自転車盗難（さいきん／じてんしゃとうなん）が多（おお）いん^{※1}で、確認（かくにん）させてください^{※2}。

ご協力（きょうりょく）お願（ねが）いします。 ▲ 照会（しょうかい）^{※3}

B：はい、お願（ねが）いします。

- -

A：最近單車竊案頻繁，讓我查驗一下。請您配合。

B：好的，麻煩你了。

※1「ん」是「の」的口語說法

※2「～させてください」：請讓我＝我要～

※3「照会（しょうかい）」表「詢問 / 查詢」之意，是比較正式的語彙。

A：自転車の盗難が多いので、調べさせていただいております※1。
ご協力お願いできます※2か？

B：はい、いいですよ。

A：この自転車はあなたのものですか？

B：【肯定】はい。【否定】いえ、違います。

A：誰にもらったんですか？

　　替 から

B：友達にもらいました。

　　替 から

A：ご協力（どうも）ありがとうございました。

B：お疲れ様です。

A：因為單車竊案頻繁，現在正在臨檢中。您能協助／配合（臨檢）嗎？

B：嗯，沒問題喔！

A：這輛單車是你所持有的嗎？

B：【肯定】是。【否定】不，不是。

A：（直譯：從誰那裡得來的？）是誰給你的？

B：（直譯：從朋友那裡得來的）朋友給我的。

A：（非常）感謝您的配合。

B：您辛苦了。

※1 下一段動詞ます形＋させていただいております＝敬語：謙讓語

※2 お＋動詞ます形＋します→できます（可能形）＝敬語：謙讓語

■ ちょっと[※]、ライトがついて（い）ないんで、自転車<ruby>自転車<rt>じ てんしゃ</rt></ruby>を確認<ruby>確認<rt>かくにん</rt></ruby>させて
ください。

喂，（你的單車）前面車燈沒有亮，所以我要檢查一下你的單車。

外 ライト【light】光線

※「ちょっと」不是副詞「一點兒」的意思，而是嘆詞「把人叫住」之意。

■ あなたの名前<ruby>名前<rt>な まえ</rt></ruby>を確認<ruby>確認<rt>かくにん</rt></ruby>させてください。

替 身分<ruby>身分<rt>み ぶん</rt></ruby>（身份）

我要確認你的姓名。

■ 身分<ruby>身分<rt>み ぶん</rt></ruby>が証明<ruby>証明<rt>しょうめい</rt></ruby>できるもの[※]があれば、見<ruby>見<rt>み</rt></ruby>せてもらえますか？

如果你有能驗明正身的證件，麻煩讓我看一下好嗎？

※ 在台灣每個人都有一張身份證，但是日本人卻沒有這樣的「身份證」，所以
當被要求出示身份證件時，大多會使用「駕照」或「保險卡」；外國人可出
示「在留卡」或「保險卡」。

■ 身分<ruby>身分<rt>み ぶん</rt></ruby>が確認<ruby>確認<rt>かくにん</rt></ruby>できるものを見<ruby>見<rt>み</rt></ruby>せてください。

請出示能確認身份的證件。

■ 防犯登録<ruby>防犯登録<rt>ぼうはんとうろく</rt></ruby>を確認<ruby>確認<rt>かくにん</rt></ruby>させていただきます。

我要確認一下你的防盜貼紙。

5-5 突發狀況

不論是在日本留學或是度假打工的人，都需要迎接每一天不同挑戰的勇氣。突然有狀況發生時，記得保持冷靜，即使是簡單的日文也沒關係，重要的是要能清楚地表達出自己的意思，才能化險為夷、度過難關。

會話實況 LIVE

※ **在拉麵店外排隊時** ◎ MP3 **183**

A：閉店なので、ここで区切らせてもらいます。

替 終了させて／終わらせて（結束）

後から来た人に「もう終わりです」と伝えてください。

B：もう終わりです。

C：はい、分かりました。

A：我們要打烊了，所以（直譯：在這裡分界）只排到這邊為止。請幫我跟後面來的人說：「已經要關店了」。

B：已經要關店了。

C：嗯，我知道了。

❀ 在廁所中碰到清潔人員　◎ MP3 **184**

A：すみません、今いいですか？

B：いいですよ。

A：不好意思，現在可以使用嗎？

B：沒問題喔！

❀ 結帳時發現錢帶不夠　◎ MP3 **185**

A：5100円でございます。

B：ちょっとお金が…※。じゃあ、いいです。

A：（一共）是 5100 日圓。

B：〔把錢包翻來翻去〕錢有點……。那不用了。

※「ちょっと」也可以移到「が」之後。雖然這句話沒有說完，但是聽者便能猜
　得出來其中的難言之隱。

❀ 在咖啡店裡想開窗時　◎ MP3 **186**

A：すみません、開けてもいいですか？
　　　　　替 閉め（關上）

B：どうぞ。
　　　替 いいですよ（沒問題喔）

A：不好意思，我可以開窗嗎？

B：請自便。

204

■ <u>こちら、ちょっと…</u>
　　　▲
　　替 お願いします（麻煩你）

〔走到座位，指著桌上別人用完餐的碗盤〕（直譯：這邊有點……）

這邊請收拾一下。

■ **すみません、水をこぼしちゃったんですけど…**

不好意思，我把水打翻了。

■ **すみません、これ（は）、私が頼んだのと違うんですが…**

不好意思，這個和我剛才點的不太一樣。

■ **すみません、<u>間違えました</u>。**
　　　　　　　　▲
　　　　　　　替 押し間違えました（按錯服務鈴了）

不好意思，我搞錯人了。

■ **すみません、そちら（は）いいですか？**

〔有人用包包佔了位子時〕不好意思，那邊方便（坐人）嗎？

■ **ケーキを預けた※んですけど、もらってもいいですか？**

（直譯：剛才我寄放了蛋糕，現在我可以拿了嗎？）

剛才有請店裡的人幫忙把蛋糕冰起來，現在可以幫我拿過來嗎？

※ 預ける（出）≒寄放；預かる（入）≒保管

■ **スイカで<u>払います</u>。**
　　　　　　▲
　　　　　替 お願いします（麻煩你）

〔發現沒帶錢時〕我要用 Suica 結帳。

特訓❺

❖ 在餐券機前猶豫是否要進去時　◎ MP3 **188**

A：何名様（なんめいさま）でしょうか？

B：ちょっと待（ま）ってください。

A：〔店員以為客人已確定要進去用餐而開口詢問〕您有幾位？

B：請等一下。

生活智慧王：配隱形眼鏡

在日本買隱形眼鏡不如台灣一樣便利，得先去掛眼科門診，和櫃台說：

「コンタクト（レンズ）を作（つく）りたいので、検査（けんさ）してもらいたいのですが…」

（我想配隱形眼鏡，所以想請你幫我檢查一下。）檢查完視力之後，憑

「処方箋（しょほうせん）」（處方箋）方可配鏡。通常拋棄式鏡片一次僅能購買半年份。

用完後，必須再重新看診，並依照上述程序購買。若是配時下流行的彩色

隱形眼鏡，當然也需要處方箋。不過，若是在藥妝店購買的話，只需要填

寫一張簡單的同意書即可。

■ コンタクト（レンズ）【contact lens】長戴式隱形眼鏡
■ 使（つか）い捨（す）てコンタクトレンズ 拋棄式隱形眼鏡
■ カラーコンタクト（レンズ）＝カラコン【color】彩色隱形眼鏡
■ ソフト【soft】軟式鏡片　　　　　ハード【hard】硬式鏡片
■ 度（ど）あり 有度數　　　　　　度（ど）なし 無度數
■ 保存液（ほぞんえき）浸泡液　　　洗浄液（せんじょえき）沖洗液

■ 家に不在票が入ったので、荷物を取りに来ました。

〔宅急便的東西被送到自己所指定的便利商店時〕

我家收到了不在通知單，所以我來取貨了。

■ ここで荷物（を）送ること（が）できますか？

〔想問有無宅急便的服務時〕這裡可以寄送物品嗎？

■ お金を払いたいのですが、できますか？

〔遞出帳單〕我想要繳費，可以嗎？

■ お湯を入れてもらえますか？

〔買了泡麵後想當場就吃時〕可以幫我加熱水嗎？

■ ポットはどこに置いてあります※か？

熱水瓶放在哪裡呢？

外 ポット【pot】熱水瓶

※「動詞て形」＋「ある」＝表示某人行為動作的結果所留下的某種狀態

■ お湯がありません。

替 なくなっています

熱水沒了。

■ すみません、この薬だとアレルギー反応があるのですが…

〔邊拿出自己會過敏的藥單邊說〕不好意思，這種藥我吃了會過敏。

外 アレルギー【德 Allergie】過敏

■ すみません、隣に住んでいるんですけど、もう少し音量を下げて
もらえますか？

〔向鄰居反應時〕不好意思，我是住在隔壁的，可以請您稍微降低音量嗎？

■ すみません、傘をお借りできますか？

替 貸してもらえますか（請你借我好嗎）

〔突然外面下起大雨時〕不好意思，可以跟您借把雨傘嗎？

■ すみません、袋をもらえますか？

〔在百貨公司的服務台〕不好意思，可以給我袋子嗎？

※ 如果東西太多，或是袋子突然破了的話，可求助百貨公司的服務台。

■ こんな遅い時間にすみません。

〔過了打烊時間還在店家時〕不好意思拖到這麼晚。

■ すみません、不注意で壊しちゃったんですけど…

不好意思，我不小心弄壞了。

■ 払いたいのですが、（お）いくらですか？

（直譯：我想要付錢）我想要賠，要多少錢呢？

■ すみません、私は１５番で待っていたのですが、
雑誌を読んで（い）て気付きませんでした。どうすればいいですか？

替 電話をかけて（打電話）

替 居眠りをして（打瞌睡）

〔在郵局或銀行等〕不好意思，我剛剛拿 15 號的號碼牌等了一會兒，但因為
一直在看雜誌，所以沒注意到叫號（而錯過了）。我該怎麼辦才好？

■ すみません、千円なんですけれども、両替できますか？

〔想在公車上換錢時〕不好意思，這張千圓大鈔可以換開嗎？

■ **これ（を）、もらってもいいですか？**

替 <ruby>無料<rt>むりょう</rt></ruby>でもらえますか（可以免費索取嗎）

替 ただ

〔看到好像是免費的東西時〕這個我可以拿嗎？

■ **これのサンプルを<ruby>見<rt>み</rt></ruby>たいんですけど…**

〔找不到拆封過的商品時〕我想看一下這個的樣品。

外 サンプル【sample】樣品

■ **すみません、<ruby>財布<rt>さいふ</rt></ruby>を<ruby>失<rt>な</rt></ruby>くしたのですけど…**

〔東西遺失後到派出所時〕不好意思，我把錢包弄丟了。

■ **すみません、<ruby>今<rt>いま</rt></ruby><ruby>お金<rt>かね</rt></ruby>が<ruby>足<rt>た</rt></ruby>りないので、また<ruby>明日<rt>あした</rt></ruby><ruby>来<rt>き</rt></ruby>ていただけますか？**

〔宅急便送貨到家裡來，身上的錢卻不夠付時〕

不好意思，我現在錢不夠，可以請您明天再過來嗎？

❋ **遇到緊急狀況時** ◎ MP3 **191**

■ **<ruby>危<rt>あぶ</rt></ruby>ない！**

小心！

■ **<ruby>大丈夫<rt>だいじょうぶ</rt></ruby>ですか？**

〔詢問車禍等受傷的人〕你還好嗎？

■ **すみません、<ruby>手伝<rt>てつだ</rt></ruby>っていただけませんか？**

〔尋求現場人士的協助〕不好意思，可以幫我一下嗎？

■ **ホームで<ruby>倒<rt>たお</rt></ruby>れている<ruby>人<rt>ひと</rt></ruby>がいます。<ruby>一緒<rt>いっしょ</rt></ruby>に<ruby>来<rt>き</rt></ruby>てください。**

〔在車站內找站務員〕有人昏倒在月台，請跟我來。

外 ホーム（原：プラットホーム）【platform】月台

特訓 ⑤

■ 地震だ！
じしん

有地震！

■ 危ないから、外に出ましょう。
あぶ　　　　　そと　で

（現在）很危險，我們到外面去吧！

■ 止めてください。
や

請住手／不要這樣。

■ 警察を呼びますよ。
けいさつ　よ

我要叫警察了喔！

 生活智慧王：感應式馬桶

某天進到了某家咖啡店的廁所。開門進去，馬桶蓋一見人就自動打開，這迅雷不及掩耳的速度，只差沒說「いらっしゃいませ」（歡迎光臨）。不過仔細一看，馬桶座上的小按鍵上面的日文卻都看不懂，亂按一通之後，居然遭到從馬桶裡噴射出來的水柱攻擊，而使得全身都被弄濕了。為了不被馬桶欺負，防止慘劇再度發生，我們一起來多了解這種全自動馬桶吧！

■ eco 環保流量小　　　　　　　　　パワー脱臭【power】強力除臭
■ 便座開閉 馬桶座開關　　　　　　便ふた開閉 馬桶蓋開關
■ 止 停　　　入 開　　　切 關
■ ビデ【法 bidet】女性沖洗功能
■ おしりソフト【soft】臀部溫和沖洗功能
■ ワイドビデ【和 wide＋法 bidet】女性廣域沖洗功能
■ ノズルきれい【nozzle】噴嘴自動洗淨
■ ムーブ【move】移動洗淨　　　　　マッサージ【massage】按摩功能
■ おまかせ 自動設定　　　　　　　タイマー【timer】時間設定

結訓練習題

❋ 日文解碼

	（日义假名）	（中文意思）
① 用意	_____	_____
② 終電	_____	_____
③ 下駄箱	_____	_____
④ 盗難	_____	_____
⑤ 照会	_____	_____

❋ 關鍵助詞

① 身分（みぶん）（　　）確認（かくにん）できるもの（　　）見（み）せてください。

② チェックイン（　　）よろしいですか？

③ ホーム（　　）倒（たお）れている人（ひと）（　　）います。

④ 京王線（けいおうせん）（　　）11時（じ）40分（ぷん）（　　）最終（さいしゅう）です。

⑤ ポットはどこ（　　）置（お）いてありますか？

特訓 ⑤

① 我來為您點餐。　　　ご注文を_____
　　　　　　　　　　　ちゅうもん

② 您有帶集點卡嗎？　　ポイントカードは_____

③ 收您 5000 日圓。　　5000円を_____
　　　　　　　　　　　　　えん

④ 我幫您收走這個。　　こちらを_____

⑤ 歡迎再度光臨。　　　また_____

✲ 有話直說

（請依左方的中文提示，寫出適當的日文句子。）

① 碰到下雨想跟對方借傘時　　　_____

② 請客人用茶時　　　　　　　　_____

③ 告訴警察先生錢包掉了時　　　_____

④ 詢問客人是否有預約時　　　　_____

⑤ 在餐廳不小心按錯服務鈴時　　_____

✏ 練習題解答

❋ **特訓 ➊**

【日文解碼】

① 勝手（かって）　方便；情況；自私　　② 余計（よけい）　多餘

③ 迷惑（めいわく）　麻煩　　④ 無理（むり）　勉強；難以辦到

⑤ 納得（なっとく）　同意

【關鍵助詞】

① が　　　　　　　　　　　② に；を

③ に　　　　　　　　　　　④ が

⑤ は

【機智問答】

① おはようございます。

② はい、お陰（かげ）さまで（、元気（げんき）です）。

③ 行（い）ってらっしゃい。

④ お帰（かえ）りなさい。

⑤ お疲（つか）れ様（さま）でした。

【有話直説】

① すみません。　　　　　　② お休（やす）みなさい。

③ お大事（だいじ）に。　　　　　④ すぐ戻（もど）ります。

⑤ メリークリスマス！

【日文解碼】

① 家賃　　房租
②
りょうがえ
両替　　換錢

そうおん
③ 騒音　　噪音
そうきん
④ 送金　　匯款

けんとう
⑤ 検討　　考慮；評估

【關鍵助詞】

① に；が
② が

③ を
④ に

⑤ で

【一搭一唱】

ひ あ　　よ
① 日当たりが良い
こう ざ　　つく　　ひら
② 口座を作る／開く
しゅう り　　だ
③ 修理に出す
でん わ
④ 電話をかける
し はら
⑤ クレジットカードで支払う

【有話直說】

や ちん　　すこ　やす
① 家賃をもう少し安くしてもらえませんか？
てんしゅつとどけ
② 転出 届をしたいのですが…
りょうがえ
③ 両替したいのですが…
わ　　　　　　　　　　わ　　　　　　おし
④ ここがよく分からないので、分かりやすく教えてください。
いちばんやす
⑤ 一番安いのはどれですか？

【日文解碼】

① 精算　　補票
せいさん

② 船便　　船運
ふなびん

③ 切符　　車票
きっぷ

④ 個室　　包廂
こしつ

⑤ 一人前　一人份
いちにんまえ

【關鍵助詞】

① まで

② で；が

③ で

④ が

⑤ で；を

【一搭一唱】

① 改札口で引っかかった。
かいさつぐち　ひ

② 電車が遅れていますか？
でんしゃ　おく

③ お名前は何とおっしゃいますか？
なまえ　なん

④ 足をひねりました。
あし

⑤ コンセントを使ってもいいですか？
つか

【有話直說】

① すみません、お手洗いはどこですか？
てあら

② 失礼します。
しつれい

③ 領収書は別々にしてください。
りょうしゅうしょ　べつべつ

④ ちょっと聞いてもいいですか？
き

⑤ これ、お願いします。
ねが

【日文解碼】

① 伝票　　帳單　　　　　　② 趣味　　興趣

③ 都合　　方便；情況　　　④ 毛先　　髪尾

⑤ 別料金　額外收費

【關鍵助詞】

① に　　　　　　　　　　② が

③ で；が　　　　　　　　④ が；で

⑤ も

【一搭一唱】

① 部屋を変えてもらうことはできますか？

② 1時間延長したいのですが…

③ 次回、ご飯でもどうですか？

④ いつご都合がいいですか？

⑤ 2センチぐらい切ってください。

【有話直說】

① 今日、髪（を）染めたいんですけど…

② どのぐらい待ちますか？

③ 休みの日は何をしていますか？

④ どこで中国語を勉強しましたか？

⑤ ここでプリントアウトできますか？

【日文解碼】

① 用意　準備　②終電　末班電車

③ 下駄箱　鞋櫃　④ 盗難　遭竊

⑤ 照会　查詢；確認

【關鍵助詞】

① が；を　② で

③ で；が　④ は；が

⑤ に

【敬語考驗】

① ご注文をお伺いします。

② ポイントカードはお持ちですか？

③ ５０００円をお預かりいたします。

④ こちらをお下げします。

⑤ またどうぞお越しくださいませ。

【有話直說】

① すみません、傘をお借りできますか？

② お茶をどうぞ。

③ すみません、財布を失くしたのですけど…

④ ご予約はされていますか？

⑤ すみません、押し間違えました。

國家圖書館出版品預行編目資料

全日語交換學生留學手冊 / 樂大維著. -- 初版. -- 臺北市：貝塔，
　2013. 05
　　面：　　公分

　ISBN: 978-957-729-920-8（平裝附光碟片）

　1. 日語　2. 會話

803.188　　　　　　　　　　　　　　　　　　　　　　102005056

全日語交換學生留學手冊

作　　者 / 樂大維
總 編 審 / 王世和
插圖繪者 / 水　腦
執行編輯 / 游玉旻

出　　版 / 貝塔出版有限公司
地　　址 / 100 台北市館前路 12 號 11 樓
電　　話 / (02) 2314-2525
傳　　真 / (02) 2312-3535
郵　　撥 / 19493777 貝塔出版有限公司
客服專線 / (02) 2314-3535
客服信箱 / btservice@betamedia.com.tw

總 經 銷 / 時報文化出版企業股份有限公司
地　　址 / 桃園縣龜山鄉萬壽路二段 351 號
電　　話 / (02) 2306-6842

出版日期 / 2013 年 5 月初版一刷
定　　價 / 280 元
I S B N / 978-957-729-920-8

喚醒你的日文語感！

こまかい**日本語**のニュアンスをうまく起こさせる！